ルワンダで
タイ料理屋をひらく

唐渡千紗
Karato Chisa

左右社

ルワンダでタイ料理屋をひらく―目次

基本情報&地図

概要

ルワンダは東アフリカに位置する共和制国家。

アフリカでもっとも人口密度の高い国であり、本書の舞台となるASIAN KITCHENは首都キガリにある。

丘が多いことから「千の丘の国」とも呼ばれ、ほぼ赤道直下にあるが、標高が高いため一年を通して涼しい。

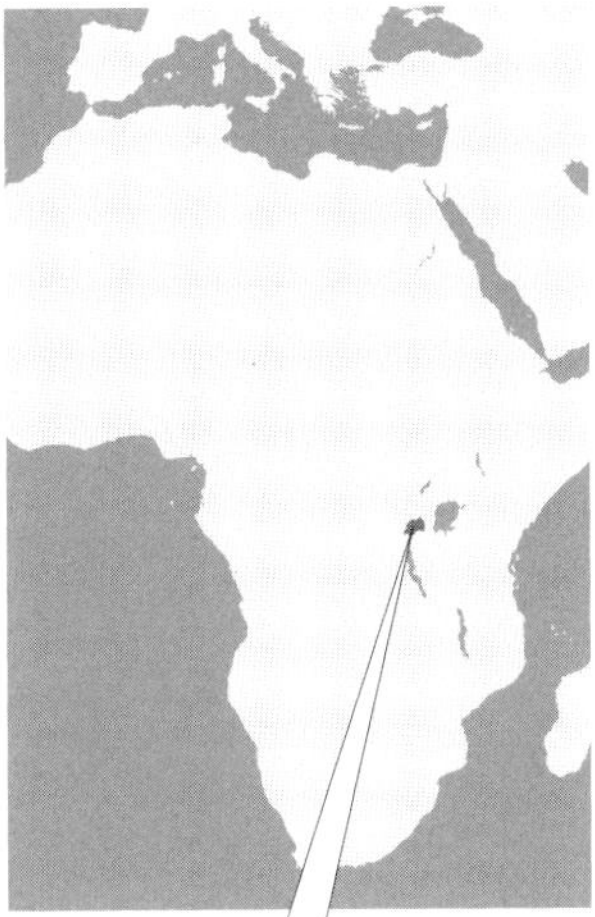

データ

1：面積
26,300㎢
※四国の約1.5倍ほどの大きさ。

2：人口
1,230万人（2018年）

3：首都
キガリ（Kigali）

4：民族
フツ、ツチ、トゥワ
※現在ルワンダでは、これらを示す身分証明証を廃止している。

5：言語
ルワンダ語、英語、フランス語、スワヒリ語

6：宗教
キリスト教（カトリック、プロテスタント）、イスラム教

7：主要産業
農業、ICT（情報通信技術）
※コーヒー、茶等が名産品。

8：賃金
サービス業従事者の時給が最も高く約80円、最も低い農業従事者は約30円。

〈賃金はLabor Force Survey 2016 August、その他は外務省HP参照〉

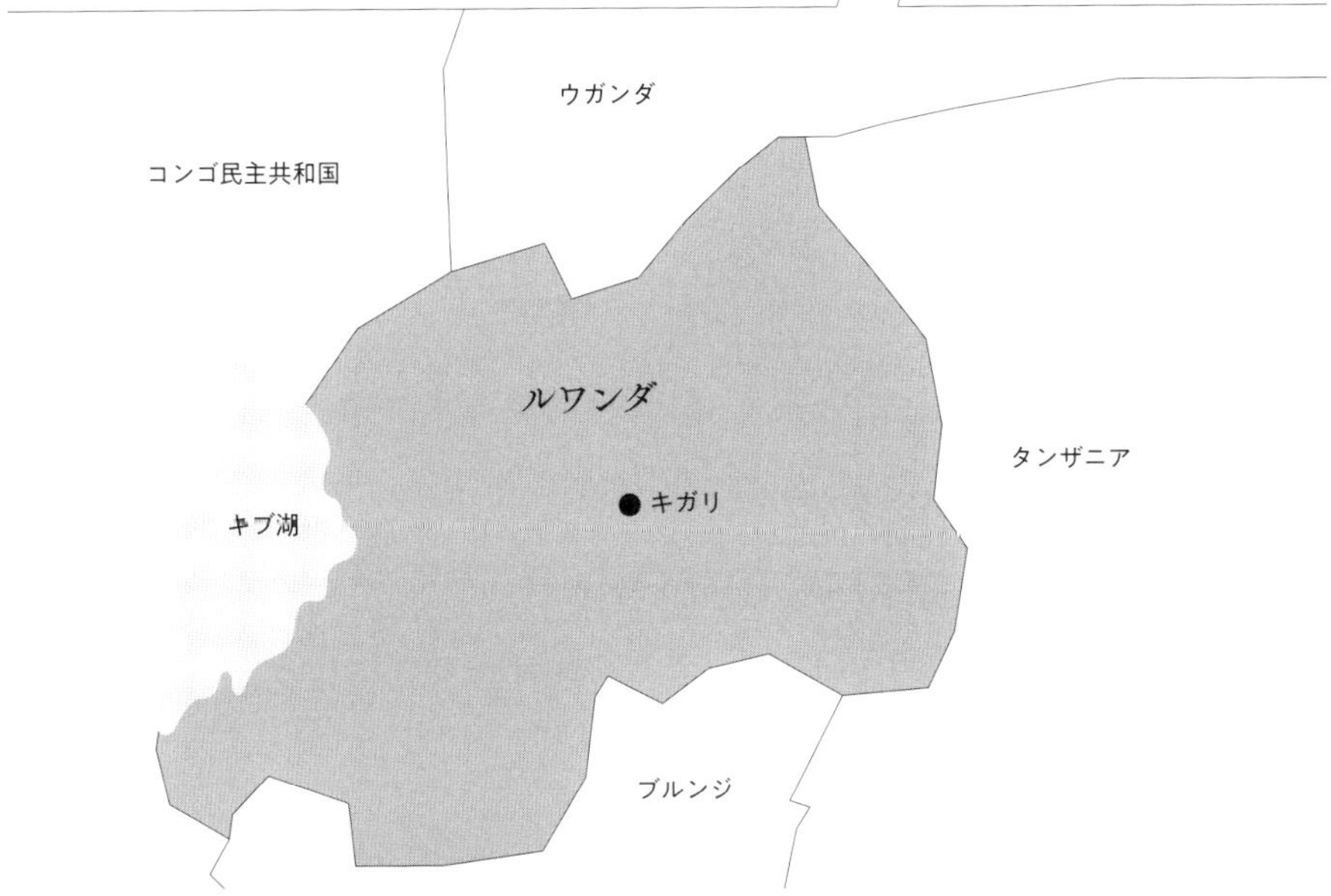

主な登場人物

唐渡千紗
大手企業を辞めてルワンダへ移り住み、飲食店未経験だがタイ料理屋ASIAN KITCHENをひらいた。

ミナト
幸か不幸か、5歳の時に突然ルワンダで生活することになった息子。明るい引っ込み思案。

アラファト
イスラム教徒の誇り高きシェフ。タイ料理よりも自信作「スパニッシュオムレツ」を売りたい。

クラリセ
動きはゆっくりしているが、真面目に誠実に働くホールスタッフ。弟の面倒をよく見ている。

アレックス
最初はマイペースさに度肝を抜かれたが、頭が良くスマートに接客をする。ジェノサイドの体験を語ってくれた。

イノセント
孤児院出身。壮絶な半生を送りながらも、常に物腰が柔らかく、底抜けのポジティブさをもつ。

ラシード
5年間での欠勤は、大雨で家が半壊した時の一度のみという皆勤賞。皿洗いからアシスタントシェフにまで昇り詰める。

ルース
ナニーとして働くシングルマザー。末っ子はまだ9ヶ月。英語も堪能な働き者だが、不幸が彼女を襲う。

エマーブル
警備員として働く従業員。アクシデントに見舞われてしまう。

セルジュ
シェフ。ロックダウン中、警察に何度も拘束されながらも、任務を全うする。

マリコさん・シュン君
元同僚であり、ルワンダ移住のきっかけを作ってくれた夫妻。ルワンダの生活のことや事業のことを色々教えてくれる。

CHAPTER

1

開店準備は珍事の連続

アフリカでタイ料理屋を開くのだ

２０１５年8月某日。五歳になった息子ミナトと、再びルワンダの地に降り立つ。

……とうとう来たぞ……！

今の心情を言葉にするならば、前回旅行で訪れた時の、ただただ純粋にワクワクしていた気持ちを十倍にして、そこに少しばかり緊張感が加わったような感じ。今回は旅行ではなく、暮らしに来たのだ。暮らすということは、母一人子一人、子育てしながら稼ぎ、生活を回すということ。

先月までは大企業のサラリーマンをしていた。待遇は良かったけれど、いつからか聞こえ出した「あなたの人生これでいいの？」という心の声が止まない。その問いに、「イエス」がどうしても出てこなかった。「ノー」じゃないならいいじゃない、そうやって日々を過ごす。

遠くに行きたくて社内制度のリフレッシュ休暇をとった。そう、「リフレッシュ」して、また元の生活に戻るはずだった。ところが、この旅行でのルワンダとの出会いが、私の人生を変えたのである。

旅の間、体内時計がまだ日本のままで、夜明け前に目が覚めてしまっては、テラスでただぼんやりする。ひんやりと澄んだ空気が全身を通り抜ける。あたりはまだ薄暗く深緑色に包まれ、たくさんの星が見える。虫の声や、たまに遠くの方から犬の遠吠えが聞こえるくらいで、ひっそりしている。

無に帰れた。心を空っぽにして、ただただ夜明け前の空気に包まれる。いつからか機能制御がかけられていた五官が解放されていくような感覚。思考を止めても、体の細胞一つ一つが自然界と共鳴し、目覚めていくかのようだった。6時頃の日の出に向けて空が白み始めるのと並行して、声たちも少しずつ増えていく。近くからも遠くからも、ポポポポポ……キョキョキョキョキョキョ……といろんな鳥たちがしきりにさえずり始め、峰々は徐々に輪郭を現していく。

うん。そーね。ルワンダに引っ越そう。

三十歳の誕生日を迎えながら、私は決めていた。ごくごく自然な流れに感じた。

そんな風に、導かれるようにルワンダ行きを決めた私だけれど、一応プランはある。それもズバリ、タイ料理屋を開く！

え？　どういうこと？　と驚くのもわかる。私も他人からそんな話を聞いたら、きっとそう思う。実は旅行で訪れた際に、ルワンダでタイ料理屋を開くところまではもう決定していた。はじめにルワンダに移り住みたいという願望があって、子どもを連れて一人で行くんだけど、当然生活の糧がいる。何かしないといけない。旅行中に気がついたのは、まずとにかく飲食店のバリエーションがない。単純だけど、レストランを開くのはどうだろう？

「タイ料理屋とか、絶対いいと思う」と現地に住む友人のマリコさん。よし、それならタイ料理屋にしよう。決定！

マリコさんとその夫のシュン君は、移住のきっかけを作ってくれた夫婦だ。シュン君は実は私の幼馴染で、三歳から十歳まで神戸の同じマンションで育った。その後私は、阪神・淡路大震災の少し前に父の転勤で東京へ引っ越し、以来連絡は取っていなかった。その十数年後、なんと同じ会社の同じ部署に、同じ職種で同期入社したのだ。なんという偶然。シュン君は職場の先輩（つまり私の先輩でもある）のマリコさんと結婚。そして、将来はアフリカで働きたいとずっと前から決めていたマリコさんを追いかける形で、ルワンダへ移住した。

　昨年の旅は、彼らを訪ねる旅だった。そして今、今度はルワンダでそれぞれ事業を興し、生活を築こうとしている。縁とは本当に不思議なものだ。そんな縁で結ばれたマリコさんがタイ料理が良いと言うなら、きっと間違いない。タイ料理なら、私も大好きだ。パクチーは苦手だけれど。作れるかって？　作ろうとしたこともないから、わからない。でも、飲食店ならお客さんとして利用したことがあるから、どういう商売かは多分知っている。バーミヤンでアルバイトした経験もあるぞ。料理の腕に自信があるかって？　特にない。料理好きでもない。って、こんな調子で大丈夫か？　わからないけど、やってみよう。

　もう少し真面目に考えてみると、ルワンダは、安定した治安を生かして国際会議の誘致に積極的に力を入れるなど、国として観光業を経済成長の柱の一つとして掲げている。その関連産業として、今後外国人向けレストランは成長しそうだ。そもそも、外食にお金をかけられるのは、国民の経済力からして自ずと外国人か富裕層に限られてくる。このタイ料理屋のターゲット層は、まずは外国人にしてみよう。それに、ルワンダ人の一般層をターゲットにしても、カスタマーの気持ちがわからないしなぁ。外国人の気持ちなら多少わかる。だって私が外国人だから。

そんな風に後から情報を繋ぎ合わせて、もう一人の自分が「アフリカで日本人がタイ料理ってどういうこと？」と問いかけてくるのをなだめつつ、東京でやっておくべきことを考えた。

会社員生活の終盤は有給消化期間があったので、有名なタイの料理人がやっている教室などに片っ端から予約を入れ、足を運んだ。事前に材料が用意され、手取り足取り先生からの指導のもと作るタイ料理は、めちゃくちゃ美味しかった。中でも一番感動したのは、その名もグンオップウンセン。エビと春雨の蒸し物なのだが、これを出せたら最高だ。内陸のルワンダでエビが手に入るのかは知らないけれど。これ、本当にタイ料理屋でいいのだろうか。まぁやりながら考えよう。店名は「ＡＳＩＡＮ ＫＩＴＣＨＥＮ」と、タイ料理に限定せずに幅を持たせておきますか。

「これからアフリカへ渡ってタイ料理屋を開こうと思っている」という私の発言に、先生やその他の生徒さんはへぇ～と目を丸くしながら一様に、ちょっと何言ってるかわからない、という表情だった。まぁ良い。自分でもよくわかっていないのだから。

バタバタと過ごすうちに出発の日は近づき、タイ料理についてはざっくりと知識を入れ、「飲食店開業完全マニュアル」といった本を数冊ざっと読んだ状態でルワンダに到着。まぁ全ては始めてみないとわからないよね。案ずるより産むが易し！　やはり不安よりも、未知の世界に対する圧倒的なワクワク感に、スパイスのように効いた緊張感がほんの少し混じっているだけだった。

廃墟とケニア人エリック

レストランをやるならば、やはり箱、つまり店舗を置く場所がないと始まらない。今でこそ店舗を持たない飲食店経営の新しい形も出てきてはいるが、やはり私は「箱」を持ちたかった。人と人が実際に出会う場所を作りたかったし、営業職をやった経験からか、お客さんと直接関わり合える接点を、自分が作った場所で持つことにはこだわりたい。

大学を卒業して就職した会社では、求人広告を商材として扱う営業職をしていた。採用したい人物像をクライアントから聞いて、ターゲットを引き付けるようなキャッチコピーやデザインを、制作担当と共にチームで作っていく仕事だ。

入社した年の秋にリーマンショックが訪れ、それでも周りは売り進めていたが、私は全く売上をあげられず、成績はいつもビリに近かった。変に真面目な性分なので開き直ることもできず、人一倍残業しているのに、ノルマはひたすら未達。東京駅近くのタワービルの四十階から、百万ドルの夜景を見下ろしても、その目には何も映らず、「あー今日も終電乗れないなー」とぼやいている新人時代だった。

だけど、商売というものの本質をほんのわずかだけれど、垣間見られたと思う。人は、何がどう嬉しければそこにお金を払いたいと思うのか。お客さんと対峙する現場には全てがあったのだ。

その後、営業部から異動をし、事業開発室やＩＴマネジメント室というところで働いた。数字を並べたり、新しいビジネスモデルをリサーチしてまとめたり、どういうテクノロジーが出てきているか知ることは、楽しかった。でも同時に、視座を高く持ち続けないと、自分が何をしているかわからなくなるような感覚があった。目の前にお客さんもいなければ、そのお客さんに自分が提供している「モノ」の実体もなかったからだ。

そういう経緯もあり、お客さんとの距離が近い商売が良かったし、提供する場所も自分で持ち、かつ、提供するもの自体もカタチあるものが良かった。飲食店は、その最たるものだ。

「東京の上場企業から、アフリカで飲食店なんて、まぁまたプリミティブなことを」という反応もあったが、そう、そこが良かったんだよね！

レストランは立地次第で、集客しやすい層が決まってくる。するとまたそこから、どういう料理・サービスを提供するべきかがほぼ決まってくる。非常に重要な要素だ。既にルワンダで起業していたシュン君に探してもらったが、彼の選んだ場所は、やはりイケていた。オフィス街で、隣に富裕層向けのスーパーがあり、空港までの大通りに面している。

こじんまりしているけれど、スモールスタートにはぴったり。何より、ターゲットとして狙うお客さんにとって、利便性が素晴らしい場所だ。

到着して早々に、物件へ向かう。シュン君から送られた写真を見た時、何だか廃墟みたい、まぁ写真だと暗く写るしね、と思っていたけれど、着いて、自分の目で見てみて、びっくり。

いや、完全に廃墟やないか！

床はタイルの残骸と思しきものと、何の瓦礫かもわからないもので埋め尽くされていて、風が吹くと、そこから舞い上がる埃でむせそうになる。窓もないし、湿っていてカビくさい。穴の開いた天井板からは、ケーブルのようなものが垂れ下がっていて危険すら感じる。

もともとこのテナントには何が入っていたのだろう。基礎としての壁と屋根はかろうじてあるけれど、壁のプラスターも天井の貼り替えもタイルの敷き直しも、何もかも一から必要そうだなぁ。トイレもひどい。下水の配管から手直しが要りそうだ。

これはなかなかの大仕事だ……。一瞬、頭を抱えた。けれど、物件を紹介してくれた仲介業者が斡旋するケニア人の施工業者が、基礎工事、水道周り、電気系統、内装の家具まで、全部トータルでディレクションしてくれるという。よし、それなら話が早い。

まだルワンダに到着した翌日だけど、張り切って早々に打ち合わせへ。約束の時間にそのケニア人のオフィスで待っていると、突然一本の電話が。特に悪びれる様子もなく、時間と場所を変更したいとのこと。

いや、当日変更するにしても、事前に言ってよ……という私に、シュン君は、「でも今日あることはあるんだよね？　いいじゃん、いいじゃん！　出だし順調だね！」と言う。

え……？　ここではそんな感じなの？　と困惑しながらも、夕方指定された中華レストランに改めて出向くと、そこには大柄で陽気なスキンヘッドのケニア人が、二人の子どもと奥さんと食卓を囲っていた。

えっと、明らかに家族団欒中なんですけど。びっくりしていると、その施工業者のケニア人は席を立ち、「ハーイ、マイ・ネイム・イズ・エリック！　エーンド、ディス・イズ・マイ・ファーミリー！」と、家族を紹介しながら握手を求めてくる。あ、こっちではやっぱり握手するんだよね、と慌てて右手を差し出すと、大きくて力強い手でガッチリと握られ、最初から気圧されつつ、内装についての打ち合わせが始まった。

エリックはとにかく陽気で、何を言っても「ノープロブレーム！　ケニアの言葉でハクナマタタね！」と明るく返してくれた。まだまだルワンダ初心者、初心者も何も、着いて二日目のひよっこの私は、頼もしいなぁとさえ思った。

最初のアポイントなのに、予定変更の上、中華料理屋で一家で夕食をとっているところに呼びつけられるという、このよくわからないシチュエーションも、これまでの人生の前提がリセットされる感じでゾクゾクする！　このゾクゾクがこの後リアルな悪寒に変わっていくことを、その時の私はまだ知るよしもなかったのである……。

ミナト、おぼっちゃま幼稚園に通い出す

初めから仕事も飛ばしつつ、母親に巻き込まれていきなりルワンダ生活が始まってしまった五

歳児の我が息子、ミナトの生活も整えてやる必要がある。

住居については、シュン君夫妻が住んでいる家に間借りさせてもらえることになった。移住で大変なのはまず新居探し。ここがショートカットできたのはかなり大きい。到着したその日から、用意された蚊帳のあるベッドで眠れるありがたさよ！　というのもルワンダでは、他のアフリカ諸国同様、マラリアにかからないように蚊を避けなければならないのだ。

夫妻に感謝しつつ、まず着手したのは「ナニー」探し。ルワンダには日本のような保育園がなく、各家庭で育児を手伝ってくれるシッターさんのような存在を雇うことが一般的で、その人をナニーと呼んでいる。

早速マリコさんから、外国人家庭の間で回っているナニー紹介のメールを転送してもらい、そこに載っている連絡先へ片っ端から電話をかける。

数人面接をしてみたものの、いいのか悪いのか正直わからない。そりゃそうだ。だってナニーさんの面接もルワンダ人の面接も初めてだし、そもそも面接する側に立つのさえ日本でもやったことがないんだから、見極めもへったくれもない。うーん。まっ、よくわからないけど条件が合う人をとりあえず雇ってみよう！　と二人ほど採用した。外国人家庭で働いた経験のある人の中から探しただけあって、ナニーさんたちは慣れていた。だがしかし、ミナトは全くなつかない。人見知りの激しい息子なので、そこは時間がかかるだろう。

ルワンダでは、職がない。安定した現金収入がある人の方が少数派だ。首都キガリでも、道を歩いていると、何をするわけでもなく、一日中ただ道端にボーッと座っている大人をよく見かける。なにせ、産業がないのだ。ルワンダは、四国よりひと回りほど大きな内陸国で、当然港がない。河港もない。地の利が圧倒的に悪く、工業が発展しづらい。国民の七割ほどが農業従事者と言われているが、実態は失業者ばかりなのだ。

そんなこともあってか、大卒でナニー、というのも珍しくなかった。むしろ外国人家庭のナニーや家政婦、警備員といった仕事は、大衆層の中では高給取りだ。外国人、それも特に駐在員として外国企業や国際機関から赴任している人たちは、現地の人にとっては、とんでもなく金払いのいい人たち、という認識なのだ。外国人家庭で働く場合、やはり英語など外国語が話せる方が有利だ。大学まで出られるひと握りのルワンダ人は、やはりそれなりに語学ができ、英語とフランス語の両方を流暢に話せる人も多い。

現在のルワンダで主に使われている言語はルワンダ語と英語である。ベルギーが長らく宗主国だったので、以前はフランス語がメインだったが、２００９年に突如英語に取って替わられた。

その背景から、今の三十代後半よりも上の年代には、フランス語の方が得意である人も多い。富裕層は確実に英語またはフランス語が流暢に話せる。富裕層が利用するサービス業に従事している人は、レベルの差こそあるが、たいてい英語は話せる。そしてフランス語も使えることが多い。

ただし大衆層に広く使われているのは土着のルワンダ語であり、キガリのタクシードライバーで片言の英語が通じるのは、感覚としては三割くらい。田舎へ行けば、歩いている人に話しかけても通じることはほとんどない。

　さて、外国人家庭のナニーは高給取りであると書いたが、「高給」と言っても、月給にして一万五千円ほど出せば、英語を話し、週六日フルタイムで働いてくれるナニーは、すぐに見つかる。託児に一万五千円というのは、東京だったら、良くて二日分にしかならない額だが、ここルワンダでは、学校の先生の月給ですら、数千円から、高くて数万円だ。

　ルワンダ大学で化学を学んだという彼女の話を聞き、警戒心剝き出しのミナトの相手をお願いするのは申し訳なく感じたが、彼女が長年働いていた家庭は、ルワンダでの任期を終えて国へ帰ってしまったので、また働き口が見つかったと言って喜んでいた。

　東京で母一人子一人で暮らしてきた環境から一変、常にたくさんの大人が周りにいる暮らしになった。ミナトは、いつも誰かしらかまってくれる人がいて楽しそうだし、私もだいぶ気が楽になった。

　お迎えに行くといつも最後の一人になっているミナトを、見なくてもいい。子どもの預け先に神経質にならず、出かけることができる。出かける時に、自分の仕事道具に加えて週一で洗う布団、何セットもの着替え、一枚一枚名前を書いたオムツ、連絡帳などの一式を抱える必要もない。なんて楽ちんなんだ……！　そうして油断しているうちに数週間が過ぎ、9月までにミナトを幼稚園に入れなければならないことを思い出した。

ルワンダには、駐在員の子どもが多く通うインターナショナルスクールが数校ある。インターナショナルスクールだって。いいね。かっこいい。子どもをインターナショナルスクールに通わせてます、なんて一気にハイソな気分だ。

だがしかし、学校案内の金額を見て目玉が飛び出そうになった。年間約二百万円……組織から来ている人は、自分で負担する額はいくらか少なく済むのかもしれないが、こちとら何にも属さずに、勝手に日本から来てみたシングルマザーとその子どもだ。よし、選択肢を広げよう。家から徒歩十五分ほどのところにある、現地の子どもがたくさん通う少し古めの幼稚園にしようかなと思い立ち見学に行ったが、どうも設備の安全性が気になった。幼児が走り回って遊ぶ空間のすぐ隣に、何の柵もついていない急な長い階段が、下に伸びていたりするのだ。月謝も安いし、のびのびと遊べそうだけれど、うーん、やっぱり却下。

結局消去法にはなったが、現地の富裕層が通うマンモス学校の幼稚園部門に入園させることにした。見た感じ、外国人は二割くらいだろうか。育ちの良さそうなルワンダ人の子どもが多く通う学校で、話を聞けば、やはり親の職業はだいたい政府や軍のお偉いさん、または実業家だった。園舎も立派だ。よく見ると屋根は茅葺だが、立派な茅葺だ。ここにしよう！

決めたはいいが、役所通いや店の業務などに忙しい日々が続き、そちらに気を取られているうちに、息子の新学期が始まってしまうという事態になった。

日本であれば、転校手続きが間に合わずに新学期が始まってしまうなんて、どう頑張っても起こらなさそうな状況だけれど、ルワンダ人の園長先生も、ウガンダ人の担任の先生、ミス・ジュディスも、全く気にしていない様子。何でもありなんだね……！　と胸を撫で下ろす。

　ミナトは赤ちゃんの頃から、人見知りに加えて場所見知りも激しく、何事に対しても食わず嫌いなところがある。ルワンダに引っ越すとなって抵抗を見せた中でも、特に「ミナト、ぜぇ～ったいに、イングリ、話さないから‼」と、英語に対して異常なまでに拒否反応を起こした。謎である。でもまぁこれも、いつもの食わず嫌い。公用語が英語なんだから、食わず嫌いなんてしてられないのさ。

　案の定、最初の二週間、ミナトは毎朝泣いていた。ミス・ジュディスになだめられながらも、泣きながら「待ってぇ！」と私にすがってくる。母として胸が痛む。もちろん、「これはあえて心を鬼にして与えている試練であって、陰からちゃんと見守っているからね……！」と言いたいところだが、いかんせん自分自身もてんやわんやで余裕がないし、とにかく来ちゃったもんはしょうがないし、お互い頑張ろうね！　じゃ、行ってくる！　というのが実情だった。

　そんな母なりに、ミナトに友達ができるだろうかという心配も多少はあったが、そんな心配はご無用だった。いきなり連れて来られて英語がわからず毎日泣いているアジア人に、クラスメイトはみなとってもフレンドリーだ。それに、日本とは違ってハグの文化があるので、泣いているミナトに毎朝、先生や何人かの友達がハグしてくれた。ミナトはカルチャーショック。人見知りだし、激しく抵抗してハグから逃げたりしていたけれど、ミス・ジュディスはそんなミナトを

「オゥ、マイボーーイ、ミィナアトォ！」と、その長い腕で力強く抱きしめ逃さなかった。

クラスにもう一人、毎朝ミナトと同じように泣きながら、父親に連れて来られているミンヒョンという男の子がいた。同じくこの夏に、韓国から来たそうだ。英語もわからないのにいきなりアフリカの幼稚園に入れられたアジア人同士、案の定ミナトと彼はすぐに打ちとけた。どうコミュニケーションを取ったのだろう。でも、彼の存在がミナトの心の支えになっているのは間違いなかった。周りからはよく双子と間違えられ、担任のミス・ジュディスですら注意しないと区別がつかないようだった。ミンヒョンにはその後、数年に渡り、彼の父親の任期終了を迎えるまで、家族ぐるみでお世話になるのだった。

所変われば肉変わる

旧友であるコウさん・ユキさんがルワンダまで遊びに来てくれた。五日ほど滞在し、ミナトもワイワイ喜ぶ。気づけば、あっという間に彼らと過ごす最後の夜になり、ルワンダでお世話になったお礼に、と夕食を用意してくれると言う。

コウさんたちはたくさん牛肉を買い込んで来て、腕によりをかけて、ルワンダ人にとってのご馳走であるブロシェットという串焼きを作り始めた。「牛肉を炭火で焼くときは、表面がこの程度になったら火から上げて……」と、牛肉のおいしさを最大限引き出す。でき上がったお肉はまだ赤身が残っていて、ジューシーで柔らかくて美味しかった。久々に試作タイ料理以外の夕食を、そしてガッツリしたお肉を食べられて大満足。最後の晩餐をみなで大いに楽しみ、その深夜、彼らはタンザニアへと旅立っていった。

　次の日。いつも通りバタバタ仕事をしていると、マリコさんから息も切れ切れに「チサ、病院に連れて行ってくれない？」と連絡が入った。一体全体、何事……⁉　迎えに行くと、顔は真っ青で、熱もあり、寒気が止まらないと言う。「これは絶対、ただの風邪じゃない。マラリアかも……」と今にも倒れそうだ。

　日本ではマラリアは遠い世界の、または遠い昔の病気に聞こえるが、実は未だに毎年二億人以上が感染し、四十万人以上が命を落とす。そしてその多くはアフリカ大陸に集中しているのだ。しかるべきタイミングで治療をすれば、治すことができるが、治療が遅れると命取りになることもある。だから、マラリアの症状の一つである高熱が出た場合、必ず病院へ行かないといけない。いくら普段から健康な大人でも、いくら幼児によくある高熱に思われても、必ず血液検査をする必要がある。

　首都で一番大きくて先進的な病院の救急に駆けつけた。血液検査の結果を待つ間も、かなり辛そうにベッドに横たわるマリコさん。国で一番立派な病院と言えど、まだ日も落ちていないのに院内は薄暗く、それこそ蚊もブンブン飛んでいる。白く明るい日本の病院とは全く違う。

これは、ここで病気できないぞ……！　と、ドキドキしながら病院内を観察していると、地方への出張からキガリに戻ったシュン君が、その足で病院に来てくれた。私もマリコさんの容態に肝を冷やしたからだろうか。なんだかお腹が痛い気がして、シュン君とバトンタッチして家へ帰った。

それからのことはあまり覚えていない。高熱、嘔吐、下痢、何からどう始まったのかわからないが、トイレとベッドを朦朧《もうろう》とした意識の中で往復しながら、気が付けば丸一日以上が経っていた。

ベッドに横たわりながらおぼろげに聞いたシュン君の説明によると、マリコさんのマラリア検査は陰性。そしてなんと、タンザニアへ行ったコウさんたちも、現地で同じ症状が出ていると言うのだ。状況からして、食中毒に間違いなかった。あの牛肉だ。その証拠に、あの夜不在だったシュン君だけはピンピンしている。ベッドの隅で丸まるように倒れているミナトが、私の霞む視界内に確認された。

完全に回復するまでに、三日はかかった。あまり病気をする方ではないので、ここまでダメージをくらったのは久しぶりだ。インフルエンザよりもしんどかった。食中毒なんて、ちょっとしたハライタみたいに思っていたが、なんて恐ろしいんだ。

ルワンダへ渡る前、東京で参考までにと「食品衛生責任者講習」を受けた。この講習は、日本では飲食店開業の際に必須となる。その座学でも、カンピロバクターやら、サルモネラやら、たくさん食中毒に関する知識を学びつつ、ルワンダに来てから、まだ衛生面の具体的な施策立案は進んでいなかった。

今回のことは、きっとそんな私を見ていた神様の思し召しに違いない。「ノリで飲食店やるのはいいけど、食中毒だけは気をつけなさい。せっかくだから身をもって体感せよ」というメッセージなのかもしれない。

実は、あの牛肉を食べた人は他にもいた。住み込みで働く男の子のジデオンと、その夜、家事手伝いに来てくれていたナニーさんにも、お裾分けしたのだ。二人に大丈夫だったか聞くと、ジデオンは「うーん、言われてみたらちょっとゴロゴロしたかもしれない。でも全然大丈夫！」とのこと。なぜだろう。食べた本数が少なかったのかな？

ナニーさんに至っては、「はい、私、普段生理痛ひどいんですが、もらった薬で良くなりました。ありがとう！」と嬉しそうにお礼まで言われてしまった。「えっと……何の話……？」私は混乱した。この人がダメなら他の人もダメ、という単純な話ではないのかもしれない。そんなの講習で習ったっけ⁉

そもそもルワンダの牛肉を、日本の牛肉と同じようにとらえてはいけなかった。ルワンダのローカル市場で初めて牛肉を買った時、それは確かになかなかの衝撃体験だった。

広い敷地内の一角に「ブッチャリー」と看板を掲げた小屋のような場所があるのだが、まずにおいがすごい。ミナトは「ボク、オエッってなる」と入ることを拒否。そもそもミナトの場合、ローカルマーケットの敷地自体、毎度毎度入ることを拒む。いつも入口で「クサいから、ボクここで待ってるね」と言う元シティボーイは、結局私に有無を言わさず文字通り引きずりこまれるのだけど、このブッチャリーだけは絶対に入りたがらなかった。

　大量のハエがブンブン飛び交い、台の上には赤い塊が積み上げられている。床は血だらけ。中に入ろうかためらっていると、後ろから、大きな赤い塊を担いだ屈強なお兄さんに突き飛ばされそうになり、慌てて避ける。彼が担いでいた塊はもちろん肉だ。脚だろうか。今しめてきました、と言わんばかりに血が滴って、お兄さんの着ている白衣は血だらけだ。

　中華料理屋を営んでいるであろう常連とおぼしき中国人男性が、片言の英語でチャキチャキと指示を出し、お兄さんたちは機械で肉を切り出す。巨大ミシンのような、でも針の代わりに巨大のこぎりがついているような機械で、肉を骨ごとぶった切っていく。

　圧倒されてしまったが、肉はここで買うのが一番新鮮なようだった。他の小売店では、何度冷凍と解凍を繰り返されているのか、わからない。停電も多いので、屠殺されてからの時間も、当然短かければ短い方がいい。

　そうなのだ。今更ながら、ここはルワンダなのだ。日本のスーパーでは、きれいにプラスチックで包装されてラベルの貼られた牛肉を手に、「ここに並ぶまでに、どのくらいの停電時間を経たのだろうか。何度冷凍されたのだろうか。においをかいでみなくては。そもそも、ロースと書いてあるが、本当にロースなのだろうか。いや、やはり卸売市場に出向くしかないな」など、もちろん思わない。

コウさんは、美味しい牛肉の焼き方を熟知していて、もちろん食中毒を避けるために気を付けるべきポイントも考慮の上、焼いてくれた。だが、あくまでも前提は、日本のような精肉プロセスやコールドチェーンを経て流通している牛肉の焼き方、だったのだ。

所変われば品変わる、とはまさにこのことだ。やはり何事も、現地での実体験がものを言う。食中毒体験すらも。神の思し召しに感謝しつつ、衛生第一、安全第一、そう心に誓った。

すったもんだのビザ申請

ナニー探しに入園にと生活周りは着々と整いつつあるが、外国人が安心してその国で暮らすために欠かせないのが、滞在許可証である。

書類の準備は日本にいた時から既に始まっていた。中でも厄介だったのが、「犯罪経歴証明書」。この◯◯という邦人には犯罪履歴がないですよ、またはこんな履歴がありますよということを、日本国に証明してもらう必要があるのだ。この書類、ルワンダ移民局の手に渡るまでは、開封できないようになっている。もちろんこれまで犯罪は犯してきていないはずだが、中が見られないというのはちょっとドキドキする。

そうした書類を携えて、いざルワンダの移民局へ。色々な国籍の人がカウンターに群がっていた。順番待ちの概念なんてないらしい。もちろん番号札のシステムもない。しばらく様子を伺っていたが、こりゃダメだ、待ってたら日が暮れる。……よし。覚悟を決めて突撃した。

カウンターで係員と話している人の話がひと段落したように見えたところで、間髪を入れずにヘロー！　と声をかけ、こちらに注意を向けてもらう。よし、成功！　係員は時間をかけて各種書類に目を通しているが、犯罪経歴証明書についてはあっけなくビリビリと開封され、中をチラッと見ただけだ。

係員は、「必要な書類、全部揃ってますね。許可証の準備ができたら連絡します」と言ってくれた。良かった！　思ったより全然スムーズだった。

しかし数日後、電話がかかってきた。「このままだと許可証は出せません。移民局に再度来てください」「え？　バッチリって言われましたけど？　せめて理由を教えてください、準備して行きますので」と答えるも、とにかく来い、の一点張り。

何だろう……まさか犯罪経歴証明書に何か問題でもあったのだろうか……戸惑いながらも出向いたが、担当者はいない。役所での手続きは大変と聞いていたが、なるほどこういうことね～。アフリカの役所あるある「呼び出しておいて担当者不在」の洗礼を受けながら二時間ほど待つと、担当者が戻って来た。どうやら、とある書類の書式が違うという。書式がそんなに大事なら、最初に指定しておくれよ。

後日、修正したものを提出すると、今度は、この書類が足りてない、と言われる。えー。書式が違うっていう話の時に、足りない書類のことも言ってくれれば良かったのに。なぜ小出しに言う!?

足りていないのは、いわゆる出生証明書。そんなの持ってきてないよ！　どうしよう〜！　と一瞬絶望しかけたが、すぐに思い直した。ルワンダには日本大使館があるのだ！　早速大使館で出生証明書を発行してもらう。立派な判子が捺された原本を持っていくと、「コピーはだめ。原本を持ってきてください」と言われて押し問答になったりしつつも、書類提出はなんとか終えた。が、安心したのも束の間、一人借り物競走は続く。銀行での手数料支払いなど、全てのステップにトラップが仕掛けられていて、とうとう申請期限の日は過ぎてしまった。

ようやく最後の関門にたどり着いた。私のビジネスの実態を証明すること。担当者が現地を視察し、承認されたら滞在許可が下りるとのこと。レストランはまだ工事中のため心配していたが、結局、担当者が現場に現れないまま許可証はあっけなく発行された。なんだこの肩透かし。

日本にいた頃は、役所へ行くのは面倒だった。だけど日本ではどの窓口でも番号札をくれるし、割り込んで来る人もいないし、担当者によって言うことが違うこともない。足りない書類を勘で言われたりすることもなく、必要な情報は揃えて教えてくれる。日本の秩序って超すごいんだね！　番号札は文明！　離れると色々見えてくるもんなんだな。

日本の快適さに郷愁を覚えつつも、今はとにかくこちらのやり方に慣れなくては。郷に入っては郷に従え。と、自分に言い聞かせた。

どうしても赤くなるグリーンカレー

それにしてもやはり、時間の流れが日本と全然違う。ビザの手続きや、日本から運んだ車の通関手続きなど、全てのことに見込みよりも大幅に時間がかかってしまったぞ。

ケニア人施工主エリックとは、基礎工事完了までの施工期間は二週間と先月に契約し、見積もりの半額分の費用を着手金として既に納めているのに、こちらもれなく遅れている。予定通り事が運ぶなんてルワンダではないんだな、きっと。

箱だけではレストランは始められない。メニューの試作に選定、原価計算、価格設定、調達のアレンジ、シェフのトレーニング、写真撮影、メニューブック作り、などとやることは無限にある。メニューの選定は、欧米人に人気なものと、食材の手に入りやすさの掛け合わせで絞ることにした。

サンフランシスコなど海外で人気のタイ料理屋のメニューをネットリサーチしつつ、カレーを看板メニューにしようと決めた。

野菜は地元で手に入るものを使うとして、問題はペーストだ。全てを輸入に頼るのは、先を考えた時にサステイナブルではない。ペーストから手作りすることにした。タイカレーのペーストというのは、各種スパイスとフレッシュハーブ、そして色の決め手になるのは使う唐辛子の種類だということは東京で学んだ。その知識を活かして、いざ！　実践！

それからというもの、ミナトの夕飯は毎晩タイカレーになった。ミナトはなぜか辛いものに、五歳児と思えないほどの耐性がある。

ひたすらカレーを食べさせられるミナトからのアドバイスは、「うーん。ママ、もっと美味しいの作った方がいいと思う」の一言のみだった。「ははっ！　その通りだね……！」と、こんな会話を繰り返す日々が続く。

味が決まらないのは、スパイスの割合なんかが違うのだろうか？　何より致命的なのは、グリーンカレーなのに、赤いのだ。いや、グリーンですと言い切れば、押しきれないことも……いやいやダメダメ、完全に赤い。試行錯誤を繰り返す。なぜだろう？　具材を炒めるところまではグリーンなのに、最後どうしても赤くなってしまう。

東京でタイ料理を教えてくださった先生もあれこれ提案してくださったが、それでもどうしても赤くなり、先生もついに最後の手段に。

「では、レッドカレーとして販売されてはどうでしょう？」

なるほど。でもそうなると今私が並行して作っているレッドカレーはどうなってしまうのだろう。事態は混迷を極めた。

そんな私を見て、マリコさんが助け舟を出してくれた。

「もうタイに行っちゃえば？　万が一お店に何か緊急事態があっても、私かシュンが対応できると思う。今週後半ならスケジュール余裕あるし」

「ありがとう！　って、え？　待って、今週後半って三日後⁉」

「うん。ケニアエアーだったら行きやすいんじゃないかなぁ」

さすが、会社員を辞めて突然アフリカへ行く人は、いきなり大胆なことをおっしゃる。自分を完全に棚に上げてそう思った。

思えば、マリコさんとシュン君の結婚式で、最後に「ではこれからアフリカへ行って来ます！」とマリコさんが言っていたのが印象的だった。え？　新婚早々アフリカに一人で行くの？と思ったものだ。そんなマリコさんからは、「ミナトなら大丈夫、私らいるから」と大変心強いお言葉。

そうと決まれば出発だ！　ルワンダからバンコクまでは、ケニアを経由した乗り換え一回で、合計十四時間。え、もう着いたの⁉　近い！　と感覚がおかしくなっている。実は何を隠そう、人生初のバンコク。ウキウキが止まらない。湿気のある暑さに懐かしさを覚えつつ、試食のために一日四食＋三度のおやつを食べまくる。タイ料理は毎日食べ続けても飽きないほど美味しくて、路上で売られているカラフルなジュースやスイーツを含め、出張の目的やこれからタイ料理屋を開く事実すら忘れそうなくらい、心を無にして楽しんでしまった。

いかんいかん。ミッションを忘れてはならない。早速、オンラインで予約したタイ料理教室と食材の卸売場を回る。

料理教室は旅行者向けのカジュアルなものから、老舗レストランのシェフが一対一で丁寧に教えてくれるものまで様々だった。中には、料理だけではなく、食材がどのように市場で売られているか教えてくれるツアー付きのものもあって、とても面白い。「唐辛子」と言われるもの一つとっても、色も大きさも違うたくさんの種類がずらりと並ぶ。いわゆる「ジンジャー」も実際にはいくつも種類があり、それぞれに特徴的な香りがあって、タイ料理のこの奥深い香りはここから来ているのかぁ！　と発見があって楽しい。

やはりタイ料理は近年かなり人気なようで、特に旅行者向けの教室には、若い女子グループから中年のゲイカップルまで、いろいろな人が参加していた。周りに、好きなメニューは何かなど、リサーチする絶好の機会だ。

先生にはとにかくかじりついて、色々と聞きまくる。特に、現地にない食材についての代替方法については、しっかり押さえておく必要がある。

バンコクの市場では唐辛子も生姜も豊富な種類があったが、ルワンダには唐辛子はせいぜい二種類ほど、生姜は一種類だ。そもそもタイ料理で欠かせないココナッツミルクも、ルワンダで手に入る輸入ものは圧倒的に薄かった。タイでは当たり前に使われている、コクを出すパームシュガーなんてもちろんないし、重量がかなりあるので輸入も現実的ではない。

なぜ私は今、アフリカ大陸の真ん中でタイ料理屋を開こうとしているのだ？　という疑問が湧いてきてしょうがなかったが、もう決めたのだ。とにかく一度やってみよう。あるもので工夫して作るしかない。前職の上司からの受け売りだけど、進化は制約の中からしか生まれないのだ。

そして、もちろん肝心要の、カレーペースト。先生も、アフリカはルワンダにある現地食材で作ったグリーンカレーが赤くなってしまう、といういきなりの相談には、なかなか答えを持ち合わせていないようだった。無理はない。だけどわかったことは、どうやら唐辛子の問題ではなさそうだということ。でも、何が原因か全く見当がつかなかった。えー？　タイまで来たのに迷宮入りか⁉

それにしても、アフリカでタイ料理屋をやるという見ず知らずの日本人に、たくさんのタイ人が快く助けてくれて感激だ。とにかく買えるものは買い込んで、最後の夜まで、たくさんの食材を積み込んだトゥクトゥクに乗って、生暖かい夜のバンコクを爆走した。

さて、カラッと爽やかな高原のキガリに戻り、またカレー作りに勤《いそ》しむ。今回は、このタイ出張で買ってみたエビペーストを試しに使ってみた。すると、どうだろう。グリーンカレーがちゃんとグリーンではないか!!　どうやら、それまで使っていたエビペーストがやや特殊で、その成分が原因だったみたい。そんなの知らないし！　でもいいのだ、答えは見つかった。やっぱり答えは現場にある！

他のメニューももっとブラッシュアップしなくては。試作はまだまだ続く。味見担当ミナトは、あまり具体的な指摘はしないものの、どのメニューについても一貫して「もうちょっと美味しくした方がいいと思う」という的確なアドバイスをくれるのだった。

エブリンの94年

施工は進まないし、メニューもまだまだ調整が必要なものの、並行して現地スタッフの採用やトレーニングも進めていかねばならない。

ナニー探しの際に面接したうちの一人に、エブリンという二十代半ばの女性がいた。彼女の英語はかなり流暢で、アメリカ人のように話す。以前、アメリカ人家庭でナニーをしていたと言う。スムーズな会話からも、頭の回転が速いことがすぐに伺えた。聞けばやはり大卒で、大学では会計学を学んだようだった。

私は彼女に、ナニーを探していたのだけど、実は……と、レストラン事業の会計業務を打診してみると、彼女は嬉々として応じてくれた。弊社スタッフ第一号の誕生！

エブリンは明るく社交的で、ルワンダ人では珍しくメガネをかけている。聡明な彼女にはぴったりだが、真面目というよりは、そのあどけない笑顔が利発な印象を与えた。小柄な体でチャキチャキ動き、パンツスタイルがよく似合う。聞けばダンスをやっているという。外国人の知り合いも既に何人もいて、ムズングとのコミュニケーションはお手の物、といった感じだった。「ムズング」と言うのは、アフリカ系以外の人種のことを指す言葉で、ニュアンスとしては「ガイジン」が近い。

　街を歩いていても私に対して「ムズング、ムズング」と子どもが言っているのが聞こえてきたり、値段交渉をする時も、英語の話せない売り手が「ムズング、ムズング」と発しているのを時々聞く。要は、ガイジンプライスで払え、ということだ。

　ムズング慣れしているエブリンだが、日本人と接するのは初めてらしく、色々なことを聞かれる。

　家族の話になり、「私、実は五人兄弟なの。私の世代では五人兄弟は日本ではとっても珍しいんだよ」と言うと、「ここでは五人は多いとは言わないね。まぁでも、五人生まれてまだ五人兄弟なのは、ラッキーだけどね」と、エブリンは屈託のない笑顔で答えた。

　あ。と私は思った。

　面接などでルワンダの人に歳を聞く時、つい頭の中で「１９９４年の大虐殺が起きた時、目の前のこの人は、○歳だったんだな……」などと考えてしまう。エブリンは二十六歳なので、当時五歳だ。

　ルワンダ大虐殺とは、少数派のツチ族が虐殺された出来事だ。多数派フツ族の過激派がツチ族抹殺を掲げ、約百日間で百万人とも言われる夥《おびただ》しい数のルワンダ人が殺されてしまった。

今はツチ族、フツ族という民族区分は廃止され、「ルワンダ人」というくくりしか認められていない。ジェノサイドの話題はセンシティブだし、ましてや相手が何族だったか聞くことはタブーとなっている。黙っている私に、エブリンは続けた。

「あの当時、私たちは、五人の子どもと両親の家族全員で首都キガリに暮らしていた。あれが始まって、父親は目の前で頭を撃たれて死んだけど、私たち五人兄弟が全員生き延びたのは奇跡としか言いようがないわ。母親はその後、苦労して自分たちを育ててくれた。途中親戚の家に散り散りになった時期もあるし、身を寄せた先で嫌な思いをしたこともたくさんあった。でも、誰かを憎んだり恨んだりしても、しょうがない。あの頃は、みんながみんな、ただ生きることに必死だったから。ともかく私たちは運が良かったの」

何と返していいのかわからなかった。ただ私の頭には「マイ・ファーザー・ワズ・ショット・イン・ザ・ヘッド」と「ラッキー」という言葉が、どう整理していいのかわからないままグルグルしていた。

「想像を……絶するよ……」とやっとの思いで声をしぼり出すと、

「本当に、狂ってたよ。マッドネス。ただただ、カオスだった」

彼女は淡々と言った。

父親が目の前で撃ち殺されて、それでもラッキーだったって……。それを彼女は特に抑揚もなく、仕事の合間に語るのだ。

「憎んでも恨んでも、しょうがない」。しょうがない、で片付けられるような出来事には、私には到底思えなかった。諦めと、無になった感情と、それでも前を向こうと最後に振り絞ったポジティブさが全部合わさったものなのだろうか。わからなかった。

エブリンはその日もいつもと同じように「また明日」と笑顔で帰って行ったけど、私にはこの衝撃は簡単には消えなかった。

人類の歴史というのはいつも複雑だ。知れば知るほど、さらに知らなければならない事柄が出てきて追いつかず、途方に暮れる。当時の人口の十分の一の人たちが殺されているので、関わりなく生きてこられた人などほぼいないだろう。二十一歳以上の人はみな、胸の内にそれぞれ1994年のストーリーを抱えながら、こうして一つの国で2015年という今を一緒に生きているのだ。

でもやはり今の平和なルワンダという国、そしてそこに穏やかに暮らすルワンダの人たちを目の前にすると、そんなことはとても信じられないのだった。

脱廃墟に東奔西走

さて、ケニア人エリック。こちとら、そろそろイライラしてきたぞ。

現場にも相変わらず現れないし、そもそも図面がまだ出てこない。コンピュータグラフィックで作られた、それっぽい完成図のみが、これまでで唯一上がってきたものだ。それについても、アジアンテイストで、と何度言ってもどうしてもアフリカンテイストなものが上がってくる。

とにかくまずは、脱廃墟が重要。話はそれからだ。さっさと基礎をシンプルに完成させて、後から小物などでアジア感を出していく作戦で行こう。まさか図面が引けないのではあるまいな……？　というか、図面もなしにどうやって見積もりを算出したんだ？　とお金を払った後に気づいても後の祭りだ。とにかく始めたい一心で契約書にサインをし、着手金も支払ったが、うーん、もうちょっと慎重になるべきだったかもしれない。

本当に、進まない。電話をしてもメールをしても、一向に進まないじゃないか。先月、宛先に全顧客のメールアドレスが羅列されたメールが送られてきた。いや、おたくには、ＢＣＣという文化はないのか？　顧客情報ダダ漏れですけど！　内容も同じくとっ散らかっている。

「電話をくれたみなさま、ごめんなさい。携帯を無くしてしまいました。でも無視しているわけじゃありませんから‼」

そんなメールから一か月以上経っているのに、相変わらず電話には出ない。メールでは、相変わらず電話の調子が悪いだの、緊急事態が発生しただの、まさに御託を並べ始めている。そしていつも最後にはノープロブレム！　を連呼するが、今のところプロブレムしか生じていない。

もう10月も半ばだ。二週間で完了するという契約から早二か月が経ったが、約束の工程の三十％も進んでいない。辛うじて、二つの窓が換気のために開けられ、壁はボロボロの状態から、一応プラスターは塗られた。もともとあった瓦礫はなんとか運び出せたようだ。進捗は以上、だ。もうこれ以上は待てない。

　エリックについては、過払い分は後からなんとか話を付けるとして、他に施工者を見つけて始めないと、何も進まない。家賃だって、もう発生しているのだ。他のカフェの立ち上げで施工をやったという人物を紹介してもらい、打ち合わせを数回重ねる。エリックより誠実そうに見えたし、エリックより金額も安いし、良さそうだ。今回は着手金を初めから払うなんてせずに、資材のお金だけをその都度払い、着実に進めるのだ！

　ところが、いよいよ次回資材調達、という段階で連絡頻度がいきなり落ちた。嫌な予感がするぞ。そう思っていた矢先、彼から連絡が入った。

「国境近くの難民キャンプを受注して、キガリに戻る目処が立たなくなりました」

「嘘でしょ……」へなへなと倒れそうになる。

　でも、難民キャンプと言われてしまったら、この怒りはどこに持っていけばいいのやら。しょうがあるまい、世のため人のため難民キャンプを全力で作ってくだされ……！

　他にも探したが、信頼できる筋からの紹介は、みな多忙だった。こうなったら自分が現場監督になり、基礎工事ができる人、水周りの人、電気系統の人、そして次は家具の人、と個別に探すしか道はない。やってやろうじゃないの……！　毎日現場に足を運んで指示すればいいんだよね。

できるはず！

　しかしこの見立ては、とんでもなく甘かった。

　例えば、タイル。カーペンターに指定のタイルを指定の場所に敷いてください、と指示するだけでは進まないのだ。まず、彼らは一個人のワーカーであって、片言だけど英語が話せて、ある程度の経験はある人たちなものの、タイルを買うのに立て替えるお金は持っていない。タイル代をまず渡して買ってきてもらう必要があるけれど、見積もりの計算が大抵間違っていた。わざとかどうかはわからない。実際より少ない金額を求められる場合もあったので、単純に計算ミスなのかもしれない。どちらにせよ、これじゃあ任せられない。自分で買いに行こう。

　タイル屋へ行くと、様々なタイルが所狭しと並べられている。

「いらっしゃい！　どういったものがお好みですか？　この豊富な種類から、好きなものをお選びください！」

「へー。思ったよりもたくさん種類がある！　こんなにあったら迷っちゃう！」

「そうなんです、ここは品揃えが自慢なんですよ」

　意外に豊富な品揃えにワクワクしつつ、タイルを一つ一つ丁寧に見ていった。最終的に三つに絞ったところで店員に声をかけると、

「こちらは、ただいま在庫を切らしておりまして」

「え……残念！　一番いいと思ったのになぁ。じゃあ、これにします」

「こちらも、ただいま在庫を切らしております」

「は？　本当に？　じゃあこれにします」

「こちらもですね、在庫を切らしております」

「ちょっと待って、どういうこと⁉　豊富な品揃えが売りじゃないの⁉」

怒り狂った客に、店員は落ち着き払って言う。

「ドント・ウォーリー。取り寄せたら数か月で届きます」

「待てるか――!!!」

結局在庫があるのは、たったの五種類だけだった。これだけサンプル展示しておいて、まさかの五択。私の久しぶりのトキメキと吟味した時間を返してくれ！　「ノープロブレム！」に加えて「ドント・ウォーリー」が聞きたくない言葉リストに加わった。

死にものぐるいで施工監督

さて今日は、ドアをつけよう。カーペンターと現場で落ち合う。まず指定の時間に落ち合うのが至難の技。約束の時間に全然来ないのだ。

電話をすると、「アーム・カミング」と呑気な返事が来る。

アイム・カミング、今向かっています、ということだ。ならば待つ。でも来ない。電話する。

「アーム・カァミング」

待つしかない。来ない。電話する。

「アーム・カァミィング」

「いやどっから来とんね━━━ん‼」と私がついにブチギレて、日が暮れる。そして朝が来るとリセットされている。ここは時空が歪んでいるのか……？　もう、徹底的に連絡しまくるしかない。

「おはよう、今どこ？」

「もう家出た？　今どこ？」

「で、今どこ？」と、朝からストーカーのようにしつこく電話を入れまくる。

相手も、このくらいプッシュされないと、「あぁ、一回しか電話かかって来なかった、大した用じゃないんだな」となるのだ。

日本だと、例えば「では、来週の火曜日、10時に伺います」と業者に言われていれば、三日前、前日、当日朝に「例の件ですが、本当に10時に来ますよね？　大丈夫ですか？　もう向かってます？　今どのあたりですか？」と確認しなくてもちゃんと現れる。でも世界標準に照らすと、我々日本人はとんでもなく律儀だったんだな。やはり、中にいると気づかないものだ。

そしてこの「指定の時間に来てもらう」という大仕事を、ワーカーの人数分繰り返さないといけない。大抵、向かっている途中にアクシデントに巻き込まれたり、お葬式に行かないといけなくなったり、ファミリーイシュー的なサムシングが発生したり、「ビッグプロブレム」に遭遇したりして、来られなくなるらしい。「ノープロブレム！」であのレベルのプロブレムが起きている人たちの「ビッグプロブレム」ってなんだ？　とても興味深い。

　とうとう現場で落ち合うことができる頃には、既に一日のエネルギーの大半が消耗されているが、まだ始まりだ、頑張っていこう！

　張り切ってカーペンターに説明する。この部屋は狭くて、普通の開戸を付けると、部屋の大部分が潰れてしまうので、引戸を付けたい。自分のスマホで「Sliding door」とググって、ユーチューブで動画を見せる。

「はいはい、横にスライドするドアね、知ってる知ってる、任せて！」

　良かった。なんでも動画が簡単に出てくる現代に生きていて良かった……！　と思ったのも束の間、思いっ切り開戸が付いた。部屋が半分潰れている。いやいや、動画見せた意味……！

「はぁ～？　動画見せたじゃない!!　知ってるって言ってたよね!?」

「レールのパーツが、予算内で買えなくって」

「あー、それじゃあ仕方ないね。じゃあ引戸は諦めて開戸を……ってなるかいぃ!!」

「こんなの大した違いじゃないよ、開戸でもノープロブレム！」

「お前が決めるな――!!」

私だけゼェゼェ言いながら、振り出しに戻る。これでは、ドアを取り付ける瞬間ですらも横にいないと、無駄な仕事が増えてしまうということか。もう会えるまで連絡を取り続けるのも、作業を隣で見守り続けるのも、疲れたよ……私はあなたのストーカーではないんだよ……。と言っているこの間にも、自称プランバーが取り付けた水道からは水がバシャバシャ漏れていて、自称電気技師が作業をしている間に大きな火花が何度も飛び散る。これでは、体がいくつあっても足りない……！

苦難は終わらない。キッチンと、キャッシュカウンターの間にある壁に、サービスハッチ、つまり、中のキッチンの様子が見えたり、ものの受け渡しができるような小窓を取り付けたのだが、その場所が指定したのと全然違う。壁の右側から○○センチ、下から○○センチ、○○センチ四方、と全部図に書いて伝えているのに、明らかに壁のど真ん中、キッチンを覗くには高すぎる、ものを受け渡すには投げないといけないような位置に、それと思しき穴が空いていた。

「場所が違う！　図を見て！」私がかなりの語気で指摘しても、「大して変わらないって」と平然と答える。

「ふっふっふ。そう言うと思いましたわ。でも、ダメ！　とにかくやり直し！」と私が押し切ると、カーペンターは渋々やり直しを始める。

途中から「やれやれこのムズングは、やったら細かくて困っちゃうなぁ」という雰囲気が出始める。エブリンですら、「いやぁ、その細かい指示は無理なんじゃないかなぁ」なんて言ってくる。なんだこの圧倒的アウェイ感。まあ、実際アウェイなんだけど。外国でビジネスするとは、そもそもこういうことなのかもしれない。でも、妥協できるものとできないものがある。サービスハッチが壁中央の謎の穴では困るのだ。

基礎工事は、二歩進んで一歩下がる、いや、三歩進んで二歩下がる状態ではあるものの、ある程度進んできたので、次は家具を進めよう。既にここまででも、必要な資材の購入から任せて、ぼったくられた総額はかなりのものだ。家具の資材についても、自分の目で相場を確かめなくては。家具が作られる場所は限られるようなので、そこへ行ってみよう。

実際に足を運ぶと、木工所と鉄工所が合わさったような、とってもカオスな場所だった。地名を「ガチンジロ」と言い、店から車で二十分ほどだ。オンボロのトラックが、土埃を上げながらせわしく出入りするのに気をつけながら入る。屋根もない青空の下、赤土の上で、たくさんの人が木を削ったり、大きな音を立てて鉄材を切ったり、火花を出しながら鉄材を繋げたり、鉄パイプを肩に乗せて小走りしたり、本当に重たいものは、大の大人数名が、リズミカルに掛け声をかけながら運んでいたり。引き締まった二の腕をした、若い男の人が多く働いていた。

子どもも所々で見かけたが、彼らは行く先々で大人に追い払われている。普段学校にも行っていない子どもたちのようだった。ボロボロの服を着ている。私を見て、「ニーハオ！　ニーハオ！」と無邪気に叫ぶように声をかけてくる。また、たくさんの男の人に混じってぽつぽつ見える女の人は、みな頭にバナナなどを乗せて、売り歩いている。エブリンは、サクサクと歩いていくが、私は身の危険しか感じず、足がすくむ。長い建材を肩に乗せて人が走り回っている中、人々はヘルメットもなしに、いかにも危険な作業をしているし、オンボロトラックも通る。そこを子どもがチョロチョロしたり、女性がバナナを売り歩いたりしているなんて、絶対に日本では見られない光景だ。

　雰囲気に気圧されながら足を進める。木のクズが、目にも鼻にも入ってくる勢いで舞い散る。鉄の焼けるにおいもするし、火の粉も飛んできそうだ。たくさんベッドの柵が置かれ、ずらりとテーブルが並んでいる場所を抜けると、大きな木の箱のようなものが所狭しと並んでいる。これはなんだろう。しばらく考えて、気がついた。棺桶だ。小さい棺桶も多い。そうか。この国では、亡くなる子どもも多いのだな……。なんて立ち止まって見ていたら、あっという間に囲まれた。

「ヘイ、ボス！　カム・ヒア！」

「ウェルカム、ウェルカム！　ウィッチワン・ドゥー・ユー・ウォント？」

　違うんだ、棺桶を買いに来たんじゃないんだ……。それにしてもこの人たち、いつもこのテンションで棺桶を売っているのか……？　などと思いながら立ちすくんでいると、一緒にいたエブリンは笑っている。「ムズングだから囲まれちゃうよね。無視して行かないと、日が暮れるよ」と行き交う人をかわしながら、先導してくれた。

　木材の相場は調査できたが、それが本当に相場なのかなんなのか、正直なところ逆にわからなくなった。やはり私が行くとムズングプライスを言われてしまう。でも、家具担当の出した見積もりとそう変わらないということは、これもムズングプライスなのか……!? 考えてもらちが明かないので、適当に数回値切った後、えいや！ と気合で進めることにした。

「ママ、今日はどこに行ってたの？」

「店。というか、工事現場。あとなんか、木とか売ってるところ。明日も」

「ふーん……」

毎日埃まみれで家に帰り、残りわずかの力を振り絞って、赤くなるグリーンカレーを試作する。ミナトは母親の言っていることがよくわからず、もっと説明が欲しそうだった。でも、今日の出来事を説明する余力もないほどクタクタで、毎晩倒れ込むように寝た。

ノープロブレム！しか言わない求職者たち

死にものぐるいで一つ一つの施工を進め、キッチン設備やテーブル、椅子なども揃いつつあり、なんとか年内にはオープンできそうだ。

そろそろスタッフのトレーニングを始めなければ。シェフを筆頭にキッチンスタッフやホールスタッフなど全員が、オープン時にはある一定の水準に達していなければならない。

オープニングスタッフの募集は既に進めてあった。五十人ぐらいの候補者を相手に、電話で相手の英語力を探りつつ、いいと思った人とは実際に面接をする。初めてのことだらけで四苦八苦する私を見て、マリコさんがアドバイスをくれた。

「まず面接の時間を指定する時に、『うちは時間を守れるかどうかを見るから、遅れないように。遅れるならワン切りでもいいから連絡をすること』って言っておいた方がいいよ。面接時間は守るもの、という概念がそもそもない人もいるから、時間を守れた人を採用しようって思ってたら候補者いなくなるかも」と、またサラッと衝撃的なことを言う。

全体的に時間にルーズなことは感じていたが、必死に職探しをしている人ですら面接に遅れてくるとは、恐るべし。

そして、「ワン切りでもいいから」という件についても、日本とは異なる事情がある。

こちらの携帯電話というのは、各キャリア会社と契約して電話番号と紐づいたＳＩＭカードを買うまでは同じだが、支払いは全てプリペイド。つまり、先払いだ。例えば百円分を先払いしてチャージしておくと、百円分の通話ができる。定額、または話した分だけ請求が来て翌月払い、というのはここでは難しい。日本のような後払いシステムというのは、請求された通話料金分の支払い能力が一般市民に確実にあり、信義則が高い水準で執行されることが前提なのだ。やっぱり日本ってすごいんだな。

確かに、ルワンダ人からワン切りがある度に、なんだ？　と思っていたが、それは「通話料を払えないのだけど、話したいので折り返しかけてください」という意味だったみたい。ワンコール目で出た時には、「あぁ、出ないでくださいよ」と即切られたこともあり、「え？　話したいの？　話したくないの？　何なの？」と戸惑ったが、そういう事情なのだ。そっちから用があって電話してきたのになんだか納得いかない気もしたが、数分間の電話代ですら彼らにとっては馬鹿にできない金額なのは、日が経つにつれて理解していった。

　候補者たちは、面接にかなり気合を入れて来てくれた。白タキシードに蝶ネクタイでキメて来る男性や、中にはヒョウ柄のボディコンに身を包み、真っ赤な口紅を塗って現れた女性もいた。……いやいや、タイ料理屋のホールスタッフですけど？　と戸惑ったけど、それがどうやら一張羅のようだ。ルワンダでは、服装で人を判断する文化があるようで、みな面接にはそれぞれの一張羅で臨んでくれたのだ。

　確かに、役所や、ミナトの学校の保護者たちも、みなスーツやワンピースなどをシュッと着こなしていた。ここではそういった素敵な着こなしには「スマート」という表現が使われるが、なるほど、ぴったりな表現だ。地味すぎず華があり、でも品の良い服装が、ビジネスでは好まれる。私自身も、なるべくラフな格好は避けた。ただでさえアジア人は若く見られるので、小柄で童顔な私がＴシャツにジーンズ、足元はスニーカー、という出で立ちだと、下手したらティーンエージャーに見られ、商談では全く相手にされない。実際二十歳そこらのルワンダ人に自分の歳を伝えると、「え？　この人自分より年上なの？　マジ？」という表情でまじまじと見つめられることが多い。若く見られるのは、時と場合によっては大歓迎だが、ビジネスではナメられてはいけないのだ。

蝶ネクタイやヒョウ柄がここでいう「スマート」なのかはわからないが、「ちゃんと服装に気を遣っております」という、リスペクトは十分。けれど、時間については、やはりそれでも遅れる人が散見された。例の「ワン切りをしてくださいね」という注意事項さえ守れない人もいた。事情を聞くと、チャージ額が完全にゼロで、ワン切りのための発信さえできなかった、とのことだった。チャージは十円からでもできる。それも難しいのか……。

また、候補者の英語力にも問題が見られる。持参した履歴書に「英語力　エクセレント」と書いてあっても、自己紹介から何を言っているのかわからないことが少なくない。質問には全て「ノープロブレム！」のいつものマジックワードで答えてくる人ばかり。うーん……面接だけでは、よくわからないなぁ。履歴書もあてにならない。これは、実地訓練で見極めるしかなさそうだ。

と決めたものの、施工が長引きすぎて、トレーニングは何度も何度も先送りに。候補者たちには、「すみませんが、施工が押していて。また二週間後連絡します」という連絡を何回も繰り返していた。そう告げる度に、候補者は本当に全く何も問題ないといった感じで「ノープロブレム！」と返してくれた。ここの人はマジで「ノープロブレム！」しか言わない……！

他で仕事を見つけて断ってくる人もいるだろうと思っていたが、田舎に帰らなければならなくなった、などの事情がある人以外、見事にほぼ全員、三か月以上、ただただこの仕事だけを待ってくれていたことに感動した。

ただし裏を返せば、他に定職の空き口がないということだ。なんという買い手市場……！　こんな状況でみんなどうやって暮らしてるんだろう……？　どうやって食っているんだ……？　ナニーさん探しの時も思ったが、自社の採用活動でもまだ実態がつかめない。マリコさん曰《いわ》く、農作物は育つので、文字通り「食って」はいけるようだ。そうか、だから、飢えているわけではないけれど、携帯にたったの十円をチャージしておくことが難しかったりするのかな……。ともかく、トレーニング開始に急げ！

レシピってなんですか？

ついに、候補者の方々をトレーニングに迎え入れる日がやって来た。シェフ候補とホール候補のトレーニングだ。候補者はみな緊張した面持ちながら、トレーニング期間から日当が出ることにかなり喜んでいるようだった。後から知ったが、圧倒的な買い手市場なのをいいことに、「トレーニング」と称してタダ働きさせるようなところも少なくないようだ。

衛生面など基本事項を全員にインストールした後、シェフの方はキッチンで鶏肉のさばき方や野菜の切り方といった基本的なものから始めて、滑り出しは順調。

　では、タイ料理を実際に試作してみよう。今回は、「グリーンカレー」に挑戦！　材料はこれとこれと、これ、と並べて見せる。手順は紙に落として渡してある。エブリンに、ルワンダ語に訳してもらったものまで添えてある。まずは私が説明しながら、一通り作って見せる。スタッフもふむふむ、と熱心に見ている。大方つかめたようだ。それもそうだ、コック経験者だし、ちょっと丁寧すぎたかな。

　しかしまたしても、私のヨミは大甘だった。まずレシピの肝、分量。砂糖小さじ一杯、ココナッツミルク五十ミリリットル、など材料も目分量ではなく細かく指定してあるのに、なんと、誰も気にしてない……！　あれだけ計量スプーンの単位の説明に時間を割いたのに、誰も使ってない……！　手順も全く無視……！　最早レシピを読んでない……！　そして、グリーンカレーができ上がったが、いやすごい、全員まったく違うものができた……！　どこから突っ込んでいいのかわからない。

　とある候補者は、名前をアラファトといい、ルワンダに数店舗展開する有名レストランの現職のシェフだ。名前からわかるようにイスラム教徒で、頭にターバンを巻いている。

　野菜の切り方や鶏肉のさばき方などは、朝飯前といった腕前を見せていたが、レシピを渡されても、何のことか全くわからないという様子。材料を切る前になぜか鍋に油を敷いて強火で熱してから、はて、どうしたものか、と止まってしまう。

まず野菜を切るところから、とヒントを出す。するとものすごい速さで野菜を切って、また最大火力で炒め出した。次はココナッツミルク五十ミリリットルの投入だが、まだ缶が開いていない。缶切りを渡す。上手く使えない。ナイフでこじ開けようとする間に、鍋ごと黒こげになってしまった。

聞いてみると、レシピ通りに作るなんて、やったことがないようだ。

「普段はどうやってるの？　働いているレストランではもちろんレシピはあるでしょう？」

「ノー。そんなのありません」と、アラファト氏はキッパリと答える。

え⁉　どういうこと？　シェフがそれぞれ雰囲気で作ってるってこと？　メニューはどれも「シェフの気まぐれスープ」みたいな感じなの？　頼むからうちでは気まぐれを起こさないでもらいたい。でもここまで説明しても全く気にしない人たちに、どう教えればいいのだろう。

トレーニング対象はシェフだけではない。直接お客さんと接するホールスタッフも、しっかりと訓練されている必要がある。

ホールスタッフのロールプレイングでは、注文内容を正確に理解できるか、伝票を自分で計算して作成できるかを見るために、メインディッシュ、サイドディッシュ、ドリンクなどで構成されるメニューを用意し、私がお客さんの役をする。

「ハーイ。メイ・アイ・オーダー？（注文いいですか？）」

「エクスキューズミー？」と候補者。最初だから緊張しているのかな。ゆっくり話そう。

「ハーイ。メイ、アイ、オーダー？」

「……エクスキューズミー？」

「メイ、アイ、オーダー？　アイ、ウド、ライク、トゥ、プレイス、アン、オーダー！」

「メ、メイ……？　ホワット？　ウィッチワン!?」

いやいやいや、注文させてくれ。こんな風に、注文内容の理解以前に、英語での会話能力が厳しい人が案の定、一定数出てきた。改めて絞った上で、今度は伝票作成ができるかを見てみよう。

「ハーイ。メイ、アイ、オーダー？」

「イエス、プリーズ」

滑り出しは順調だ。

「グリーンカレーを、トッピングはチキンで。ライスはブラウンライス（玄米）にしてください。ドリンクは、コーラをお願いします」

「かしこまりました。ご注文繰り返します。ブラウンカレーがお一つ」

「いやいや、ちょ、ちょっと待って、ブ、ブラウンカレー!?」

珍回答続出で、みなの想像力・発想力には大いに感心した。感心したが、伝票作成を正確にできた人は、十名ほどに絞った候補者の中に、二名しかいなかった。これもなかなか長い道のりに

なりそうだ……。本当に来月開店できるのだろうか⁉

観光情報

日本からのアクセス

日本からの直行便はなく、ヨーロッパや中東、エチオピアを経由。接続の良い便だと片道20時間、往復10万円～20万円程度。

通貨

ルワンダフラン（RWF）で、1円＝約10ルワンダフラン。（2021年3月現在）

ホテル

安いゲストハウスでは20ドル（米ドル）、高級ホテルでは300ドル。

食事代

キガリにあるレストランのビュッフェランチで3ドル～。田舎に行けば行くほど安い。外国人が行くような場所は、ランチ単価10ドルや20ドルもザラ。

交通網

鉄道がなく、メインの交通手段はバスやバイクタクシー。

観光

観光の目玉はマウンテンゴリラ見学ツアーで、ゴリラの棲む山を登り、ごく至近距離で群れを1時間鑑賞できる。1,500ドルと安くないが、世界中のマウンテンゴリラファンが訪れる。西にあるキブ湖も風光明媚な観光スポット。

お土産

代表的なお土産はアガセチェと言われる壺の形をしたバスケットや、イミゴンゴと呼ばれる牛の糞で描かれたアート作品、そしてコーヒー豆、紅茶など。

ボルケーノ国立公園に生息するゴリラの親子

CHAPTER

2

珍事は続くよ、どこまでも

はじまりは珍客から

2015年12月某日。晴れて、アジアンキッチンは、ルワンダの首都キガリにオープンした。といっても、日本のように「祝・開店」と書かれた札の刺さった花が贈られるようなこともなく、ひっそりとしたものだった。

接客トレーニングはいくら重ねてもコントさながらだし、料理も少し目を離すと、とんでもないものができ上がってしまう。あと何週間訓練すればこのレベルまでいける、という確信が全く持てない。予想不可能なことに時間を割くよりは、未熟なままでもひとまず市場に晒しながら、磨いていく方がいいだろう。というか、そうするしかない。このまま永遠に身内でコントを繰り広げていても、どうしようもないのだ。

ただし、まだまだ未熟なこの状態で、お客さんが高い期待値で来た場合、ガッカリして二度と戻って来ないかもしれない。ただでさえ小さな市場で、そんなことになれば開店して間も無く閉店してしまう。だから宣伝するのはまだ待とう。というわけで、実際は、お客さんに来て欲しいような、来て欲しくないような、微妙な心境だった。こんな飲食店オーナー、他にいないだろう。極力気づかれずにオープンしようだなんて、我ながら意味不明だ。

でも開けると決めた以上、ビクビクしてはいられない。おそらく確実に問題は起こるだろう。その時は、その場で私がトラブルシューティングをするしかない。オープンからクローズまで店に張り付いてやりますぜ！　見切り発車でもなんでも、発車しないと始まらないのだ。自転車に乗れるようになったら乗ろう、では、いつまで経っても乗れないままだ。こんな風に、自信はないけれど、覚悟だけはあった。

　会社員時代はとにかく間違えることが怖かった。でもここはルワンダだ。文化も違えば商慣習も違う。何もかもが違う、という前提条件が、私に勇気をくれた。コミュニケーションをとる言語だって違う。英語を話している時の自分は、別人になれる気がした。

　そもそも、人生をリセットしに来たんじゃないか。安定した会社員を辞めて、息子を巻き込んで日本からルワンダまで来ておいて、同じようにウジウジしていられない。合ってるか間違ってるかなんて、やりながら見つけていくしかない。とにかく今は、やってみるしかないんだ。

　スタッフと仕込みをしていると、キャッシュカウンターのあたりに誰かが来たことに気づいた。お客様第一号ご来店！　と一瞬沸き立ったのも束の間、何だか様子がおかしい。いらっしゃいませ、と声をかけると、ルワンダ人の若い男性二人組は、店内をキョロキョロ見回しながら、「ドリンクは何があるの？」と聞いてくる。

　二人ともジーンズをはき、首からは、いかついネックレス。キャップをかぶっていて、品のいい身なりとは言いがたい。エブリンが、ルワンダ語で奥にいる男のシェフに声をかけつつ、表の警備員を呼びに行く。店側が警戒心を見せると、男性二人組はそそくさと出て行った。

「泥棒だねぇ」

エブリンは、またいつものように平然と言った。

「え？　アー・ゼイ・シーブズ？」

「イエス、ゼイ・アー。ゼイ・アー・シーブズ」

中学生の英文法の練習問題のように、数回繰り返してしまった。こんな風に泥棒が来るの⁉と驚きを隠せない私に、エブリンは「そうよ、泥棒よ、何を驚いているの？」という感じだ。

ルワンダは、治安がいい。虐殺以降は凶悪犯罪が少なく、外国人を標的にしたような殺人事件や強奪事件も、国境付近はまだしも首都キガリではほとんど前例がない。ただし、泥棒やちょっとした詐欺は、日常茶飯事だ。また、外国人は盗みのターゲットになりやすい。それでも、近隣国で凶悪犯罪が頻繁に起きていることを考えれば、人を傷付けずにただこっそり盗むだけなんて、なんて控え目なんだと思わざるを得ないのだけど。

そんな背景もあり、ルワンダの飲食店には二十四時間張り付いている警備員がいることが一般的だ。飲食店に限らず、オフィスや商業施設、外国人や富裕層が住むような一般家庭でも、門には必ず門番、つまり警備員がいる。アジアンキッチンも、大手警備会社と契約し、警備員を朝晩交代で派遣してもらうことにした。

警備会社に支払う額はなかなかのものだったが、聞くところによると、雇われで働く警備員の手取りは、どうやって暮らしていくんだというような額だ。しかも、支払いが滞ることもざら。

副業をせざるを得ず、日中は別の場所で働き、夜は警備員として働くが、夜間勤務中にグーグー寝ている、といったような警備員ばかりだ。

当店に派遣されている警備員には、毎日のようにこう懇願される。

「ボス、何か直接仕事をください。ライフ・イズ・ノット・イージー」

そりゃあ、そう言いたくもなるはずだ。でも、直接雇用に切り替えるのは、契約違反なのでできない。せめてもと、スタッフが食べているまかないを警備員にも分けることにしたら、とっても喜んでいた。そんな当店の警備員は、泥棒が来た時に何をしていたかというと、ストリートチルドレンを追い払うのに忙しかったようだ。

キガリでは、恐らく行政の管理が行き届いているのだろう。特に大通りでは、ストリートチルドレンを見かけることはあまりない。ただ、例の二人組が来た時は、同じタイミングで複数のそれらしき子どもが店に入ろうとしていて、警備員がそちらに気を取られてしまっていたというわけだ。たまたまかもしれないし、グルだったのかもしれない。わからないが、とにかく注意しなくっちゃ。

開店早々、気にしないといけないのが泥棒だというのはなんともトホホ、という気持ちだったけれど、年が明けると、徐々にお客さんが増えていった。最初は、噂を聞きつけた知人やその知人が多かったが、またそこから少しずつ新しいお客さんへと広がっていった。

何をそんなにお急ぎで？

アジアンキッチンは、気取って食事をする高級店じゃない代わりに、当たり前の品質を当たり前のようにお届けすることにはこだわりたい。実は、それだけでも差別化になると思っている。なぜならルワンダでは、注文から当然のように一時間はかかる、別に混んでいるわけではないのに、コーヒー一杯に二十分も待たされる、ということは全く珍しくない。日本では考えられない話だが。アジアンキッチンは立地としても、近くのオフィスで働く人がランチタイムにサッと食べに来るような場所でもある。テキパキと急いで提供したい。

でも、シャカリキになって動き回る私とは対照的に、スタッフはみなのんびりとしている。「いらっしゃいませ！」と、お客さんを元気にお迎えし、会話をしながら注文をとる。その注文を伝えに早歩きでキッチンへ行くと、「いや、みんな、起きてる!?」と言いたくなるくらい、非常にのんびりとした雰囲気。勝手にその辺に座っているスタッフは、私からの注文を聞いてようやく、よいこらせ、と腰を上げる。あぁぁ……。でもそんな状況になることも織り込んで、仕込みでできることはなるべくやっておく、というオペレーションにしているのだ。……ってあれ？仕込んだものが見当たらないぞ。

「仕込んだアレは？」と私がシェフのアラファトに聞くと、「あ〜、今日は売れない気がして、仕込んでないです」と平然と答える。一瞬絶句しつつ、「勝手に決めないで！　ちゃんと決められた数、仕込みをする！　あ～もう、今からだと時間かかっちゃうじゃん！　早く！　急いで！」と焦る私を尻目に、他のスタッフは呑気に芋を剝いている。「この料理、ジャガイモ使わないから！」と指摘する私に、スタッフはこれまた平然と「あ、これまかないのです」とのたまう。「後！　そんなの、後‼」

　アラファトには私の焦りが伝わったのか、彼は急いで火をつけ、すごい勢いで鍋を振り出した。けれども、いやいや、待って待って。

「そうじゃなくて！　食後に持ち帰りでっていうオーダーから作ってどうするの！」

　怒っていてもしょうがない。時間を稼ぐために、ホールへ戻りお客さんと世間話を続ける。あれこれネタを振り続け、だいぶ会話も引っ張ったところで、さすがに一品くらいできただろうと厨房へ戻ると、あぁぁ、何か全然違うものができている。もう私倒れそう。

　キッチンは戦場だ。と言っても、奮闘しているのは私一人。スタッフののんびりした一挙手一投足を見ていられなくて、「いや、違う、早く、もっと早く、違うそうじゃない、もういい、私がやるっ、どいて‼」となるのがお決まりのパターンだ。

「一つの商品を提供するのに、こんなに時間かかってたら、私がお客さんなら、こんなレストラン、ネバー・カムバック・アゲインね!!!」とハァハァ息を切らしながら言うと、スタッフは、ポカーンとして私を見つめる。「このムズングは、何をそんなに生き急いでいるのだ……⁇」とでも言わんばかりの顔つきだ。

ルワンダではとにかく時間の流れが日本と違う。街を見回してみても、まず人々の歩く速度が違う。かなりゆっくりだ。そもそも歩くことすらせず、ただただ何時間もボーッと道端に座っている人も珍しくない。そう、特に急いでいないのだ。急いでランチをとったところで、その後に用事が詰まっているわけでもない。

　またある日のこと。ランチタイムに、予想よりも多くのお客さんが来てくれて、ライスを切らしてしまった。

　グリーンカレーの注文を受け、その前に詰まっていたオーダーをさばき切って、さぁこのグリーンカレーをライスと共に提供するぞ……としゃもじを手に取った瞬間、あれ、ライス切れてる!!　と、そこで初めて気づくのだ。

　ライスの残量を気にしながら回していれば、こんなことにはならない。ライスを切らすということ自体が致命的すぎるが、せめてもっと早い段階で、ホールのスタッフに「ライス、今からだと二十分かかります」など、アラートを挙げることができたはずだ。でも、そんなことを今考えてもしょうがない。

「うわぁ、よりによって、今!?　どうするのよ!?　注文受けてからもう二十分も経っちゃってるし……」と、湯気のたつグリーンカレーを前に頭を抱える私に、クラリセという女性のホールスタッフはのんびりと言い放つ。

「ヒー・キャン・ウェイト」

「は……？」

彼女はお客さんに待てるかどうか確認したわけでもなんでもない。

「そんなの待てるっしょ、大丈夫っしょ」と適当に言っているのだ。「おぉお前が決めるなぁぁ!!!」と怒り心頭な私。「え、もしかして、私またこの人の地雷踏んだ？」と、クラリセはキョトンとしている。結局、私がお客さんのところへ直接出向き、お詫びとともに、麺類への変更をお願いする。お客さんは戸惑いながらも、了承してくれた。

ルワンダ人と働き始めてまず痛感するのは、一歩先を見通す、段取りを考える、ということが極端に苦手な人が多いということだ。そもそも「段取り」という概念があまりない。そんなのその時になってから考えようよ！　というスタイルだ。ここでは、今日のアポも結局あるのかないのか、当日になって決める文化だ。祝日がその前夜に決まってラジオを通して国民に知らされる、なんてこともある。

ある日、銀行が閉まっていたので困っていると、「今日は祝日だ。だってオレ昨日ラジオで聞いたし」とスタッフが平然と言うのを聞いて最初はびっくりしていた。もうだいぶ慣れてきたけど、日本ではあり得ない。突然「明日、祝日ね！」って夜に突然総理大臣がラジオで発言して、翌日になったら銀行がどこも閉まってる、なんてことがあれば、国中が大混乱だ。

そう考えてみると、ライスがまだあるかどうかなんて、必要になった時に蓋を開けて確かめればいいじゃん。という彼らの考え方も、理解はできる。そこにあればある、なければ次を作る。

シンプルだ。クオリティにこだわらなければ（いや、こだわって欲しいが）二十分くらいで炊ける。大した時間じゃない。ライスに数十分待たされるだけでガタガタ言いなさんなという、彼らの生き方なのだ。衝撃のヒー・キャン・ウェイト発言も、そうした文化からきている。

でも、ビジネスでそれではダメだ。文化の違いに遭遇してそれを面白いと思うかどうかは個人の自由だが、レストランはあくまで客商売だ。お客さんの求める価値を提供して初めて、その対価がもらえる。注文を受けた二十分後に、「あ、ライス切らしてます」などと明るく言っている場合じゃないのだ。段取り。段取り。段取り。修行はまだまだ続く。

日本を忘れる修行

そんなこんなで、店ではいつもびっくりするようなことの連続なので、店を留守にするのは不安で仕方ない。でも外での用事もそれなりにある。そんな時は用事を全速力で片付けて、と言ってもそれもまた全然片付かないのだが、とにかく蹴りをつけて急いで店へ戻る。

ある日、いつものように足早に店へ戻ると、ダイニングにある中央の椅子に、スタッフのアレックスが悠々と腰掛けているではないか。びっくりしながら、私はすぐさま彼のもとへ詰め寄る。

「なんでそこに座ってるの⁉　ありえない！　この椅子は、あなたが休憩するための椅子じゃないし、そもそも休憩時間じゃないでしょうが！」

「え……？　ここに座ったらダメだったんですか……？　知りませんでした」

私の剣幕に、アレックスのくりくりした目が、さらに真ん丸になった。キョトンとはまさにこういう表情だ。なんで怒られたのか全くもってわかっていない様子で、まだ座ったままだ。

アレックスは、とっても小さな顔に、手足はすらっと細く長く伸び、身長は一八〇センチを優に超える。笑うと口元からのぞく綺麗に並ぶ白い歯がまぶしい、感じの良いウエイターだ。そして、頭がいい。例のロールプレイングでも、正しい伝票を作成することのできた、たった二人のうちの一人だ。

そんなアレックスだが、ウエイターが客席で寛ぐことに全く違和感がないようだ。

「お客さんもいないので、座っていました。これって何かプロブレムで……？」

あぁ、そこからか……と、私は頭を抱えそうになった。

でも確かに、ルワンダではよくある光景だ。飲食店に行き、あれー？　店員さんいないなぁ、なんて思いながら、とりあえず空いているテーブルにつく。すると隣のテーブルで寛いでいる人がおもむろに、ヨイコラショと腰を上げて「いらっしゃいませー」なんて声をかけてきて、「えっ、あなた店員さんだったの⁉」とびっくりする、なんてことは往々にしてある。彼らの文化としては、普通なのだ。うーん。どう言えば伝わるか、私は少し悩んだ。でも、きっぱりと言った。

「とにかく、この店では、客席に座るのはナシね。お客さんがいないからって、ダメ。お客さんがいなくても、やることはいくらでもあるでしょう。あそこの椅子は出しっぱなし、ここにゴミも落ちてるし。メニューも片付けられてないじゃない」

そう矢継ぎ早に伝えると、アレックスは、あまり納得がいっていないようだったが、ようやくその重い腰を上げた。

ここでのもう一つの大きな障壁は、明確に指示されたこと以外やらない、ということ。ましてや、状況を見て自分にできることは何かその場で考えることはかなりの応用編になる。

つまり、アレックスは「お客さんが来た時に、注文を取り、それを厨房へ伝え、料理を出し、伝票を作成し、代金をもらう。お客さんが帰ったら、テーブルを片付ける」ことを自分の仕事として認識している。それは間違っていない。ただし、同時に、「明確に指示されたこと以外は自分の仕事ではない」と思っている。だって、言われていないから。

ライス事件の時も、なぜ誰もライスの残量を気にしていなかったか。「ライスの残量に常に気を配り、一定の量を下回ったら、すぐに次のライスを炊き始めることに責任を持つ人」を私が任命していなかったからだ。確かに、「ライスの残量が○○を下回ったら次のライスを炊く」と文章にして契約書に盛り込んだりしていない。別にそんなことしなくてもやってくれ、というのが日本人の私の感覚なのだが、ここでは、そうは問屋が卸さない。

気が遠くなる作業だが、抜け漏れなくすべてのことに担当をつけ、任命して仕事内容を明確に説明しておかないと、誰もキャッチしようとせず、スルーされたボールがボンボンと落ちる。みな、ボールという名のタスクがボンボン落ちているのは知っている。が、ただ見ているだけだ。「あ、私が受け取った方が良かったの？　知らなかった」「あ、ライスの残量気にした方が良かったの？　知らなかった」という具合に、悪気はない。

日本がすごすぎるんだ。例えば、どこにでもあるコンビニ。レジが混んでいれば、棚卸しをしていた店員が、すぐさまもう一つのレジに駆け寄ってきて、「お次にお待ちの方、こちらにどうぞ！」と案内する。「あ、レジ回った方が良かったの？　待ってたお客さんたち、急いでたの？　知らなかった」とはならない。この場面を想定して何度も練習し、それに合格した人が店員として働いている、というわけでもないだろう。でもこれは、紛れもなく、神対応なのだ。

ところが、日本式の動きを説明すると、スタッフは口を揃えて、「別に、そんなに急がなくても」と言う。例の、「何を生き急いでいるのですか」だ。何をしても、やっぱりここに行き着くんだよなぁ。

とにかく、やるべきこと、やってはいけないことが、言われないとわからない。この「やってはいけないことは、具体的にこれはダメと言われるまでわからない」という感覚も、かなり厄介だ。これまた、日本人の私の感覚と、スタッフの感覚があまりにも違い過ぎる。

思い起こせば、働き始めた当初のエブリンともこんなことがあった。お遣いを頻繁に頼むので、まとまったお金を彼女に預けた。日本円にして、一万円くらいの金額だ。エブリンは、このお金を持ってトンズラすることはなさそうだ。後日、領収証と付き合わせて精算すると伝えれば大丈夫だろう。そう思って渡した。エブリンは、もちろんトンズラはしなかった。が、とんでもないことが発覚した。

「エブリン、この前預けたお金、今日精算しよう。いくら残ってる？」

「残ってないです」

「え？　全部使ったの？　だいぶ余ると思ったんだけど」

「はい、一旦は、半分くらい余りました」

「だよね。それどこ？」

「使っちゃった。プロブレムですか？」

「……え？　使っちゃった？　何に？　え？　自分のものにぃ!?」

なんと、経理担当が、全く無邪気に会社のお金を着服しているではないか！

「いや……会社のお金だからさ。勝手に使っちゃダメだよ。えーっと。なんて言ったらいいんだろう。えっと」

私も混乱して、何をどう言えばいいのかわからなくなってきた。そんな私にエブリンは「ウップス」と舌でもぺろりと出さんばかりにつぶやいただけだった。

もちろんエブリンには返金を要求したけれど、「無理です。ないものは返せないからねぇ」と悪びれもせず答える。そうなのだ。返せと言ったところで、ないものは返せない。こんなことは、エブリンだけではない。

結局、内装工事で多くの人に騙し取られたお金も、証拠を突きつけて返金を求めたところで、ないものは返せない。相手が悪いことを、お天道様のもと証明できたとして、だからといって一円も戻ってこないのだ。貯蓄もない、その日暮らしの人たちだ。ない袖は振れないとはまさにこのことだ。

さて、アレックスが客席で寛いでいるのを発見した日から程なくして、とある締め作業の夜。装飾用の小瓶が一つ見当たらない。アレックスに聞くと、「あぁ、あれ、一つ四千フラン（五百円ほど）で売りました！　ディナータイムに来たお客さんに」と、意気揚々と答えるではないか。

……え？　売った？　装飾品を売り飛ばした……だと⁉

インテリアに詳しい知り合いが、わざわざ日本からスーツケースで持ってきてくれた、こじゃれた小瓶だ。もちろんここでは、同じようなものは見つからない。

「はい。お客さんから欲しいって言われたんで。値付け、いい線いってます？」なんてアレックスは得意顔で聞いてくる。

出た……なんだってこう、予測不可能なことばかりしてくるのだ。日本だったら絶対にそんなことは起きない……が、いやいや、待て待て。日本のことは一旦忘れよう。日本の常識も、コンビニ店員の神対応も、一旦全て忘れ去るのだ。ここは日本ではないのだ。

それにしても、自分に染みついた常識を忘れることが、これほどまでに難しいとは。これは一体何の修行なのだろうか。装飾品は勝手に売らないで……って、言ってなかったっけか……ハハハ……。道のりは、まだまだ遠い。

注文の多いお客さん

そんな風に、スタッフとの文化の違いに大いに戸惑いながらも、実はお客さんもなかなかに日本とは違う。バーミヤンでバイトした経験から言うと、日本のお客さんは、とっても注文が少ない。アジアンキッチンのお客さんは、注文が多いのだ。

例えば、同じグリーンカレーでも、欧米のお客さんは、この野菜を抜いてくれ、辛さはマイルド目がいいんだけど、それでいてチリを少しきかせて欲しい、など、カスタマイズの要望が多い。

日本だと、行きつけの小料理屋なら、「大将、今日はちょっといつもより濃い目の味付けがいいな」なんてこともあるかもしれないが、初めて行くカジュアルレストランで、アレルギーなどは別にしても、あまり注文はつけないだろう。「グリーンカレー」とだけ注文して、出てきたものを食べる。それが日本では一般的なスタイルだ。

そんな文化の違いに最初は戸惑ったが、しばらくすると慣れてきた。少々のカスタマイズはあるもの、という意識で注文を取る。それでも、たまに変化球はある。

欧米人の男性がご来店。アクセントからすると、アメリカ人だろうか。

「いらっしゃいませ！　ご注文承ります」

「このスイート・チリ・チキンをお願いします」

スイート・チリ・チキンとは、人気メニューの一つで、炒め揚げにした鶏肉を、タイお馴染みの、甘辛くて少し酸味のきいたスイートチリソースで野菜と一緒に炒め合わせる。

「スイート・チリ・チキンですね、承知しました！」

「あ、それでね、甘くしないで欲しいんだ。で、チリは苦手だから使わないで」

「スイート・チリ・チキン、スイートじゃなくして、チリもなし、ですね？　……はい、かしこまりました」

了解したものの、えっと、では一体チキンをどうすれば……？　結局、鶏肉の炒め揚げを、スイートチリソースを使わずに、醤油など他の調味料で炒め合わせた、完全に別の料理になってしまった。それでも、お客さんにはご満足いただけたようで、胸を撫で下ろす。

また、とある日のこと。閉店間際に、インド人の男性がご来店。

「こんばんは。何にしましょう？」

「そうだねぇ……もう夜も遅いし、何かさっとできるものがいいねぇ」

男性はそう言いながら、メニューを全く見ようともせずに、「卵で何か作ってよ！」と言った。卵、卵、卵……。私はしばし考えた。アジアンキッチンには、卵をメインにした料理はない。「卵をメインにした料理は、あいにくなくって。お肉は召し上がりませんか？　さっとできるものなら、チャーハンなどはいかがですか？」

「うーん、ボク、肉は食べないんだ。卵なら、なんでもいいからさ！」

そう言われても……卵を使った料理を必死に考える私とシェフを尻目に、結局そのインド人男性は、「ま、シンプルにゆで卵がいいかな」と言い、ゆで卵を三つ平らげて、ご機嫌に帰っていった。

またある日のこと、コンゴ人のお客さんがご来店。お隣のコンゴ民主共和国、旧称ザイールだ。オーダーは、「コンゴ料理が食べたい」

……さすがにコンゴ料理はない。いかんせん「アジアンキッチン」なので、突然のコンゴ料理のオーダーは、少し難しいものがある。故郷の味を提供できなくて、申し訳ない。でも故郷の味なら確実に、私が作るより自分で作った方がいいと思う。

裕福そうな、恰幅のいいコンゴ人の男性は「そっかぁ、ないのかぁ」と少しがっかりしながら、ガパオライスをオーダーし直した。濃い目の味付けとがっつりしたチキンの量に満足したようで、笑顔で帰っていった。

お客さんがあまりメニューを見ないという傾向は、ルワンダの飲食店では、往々にしてメニューが当てにならない、という背景もあるかもしれない。何ページにも及ぶメニューを端からじっくり読み、よし決めた！　とオーダーするも、「その料理は今日はありません」と平然と言われ、「じゃあ何ならあるの？」と聞くと、タイル屋の件よろしく、結局三択かい！　とツッコミたくなるようなことが珍しくない。メニューに表示されている写真が、実物とは全く違うものだったりもする。とにかく、メニューは参考程度にしておいて、直接店員さんに聞いた方が、早くて確実なのだ。また国際的には、ビーガンやベジタリアンなど食の主義や宗教によって、禁忌とされる食材があることは常識だ。それもあって、しっかりとコミュニケーションすることは大切だ。

注文の多いお客さんは、要望が細かく難易度が高いことも多々あったものの、その分フィードバックも細かくもらえることはありがたい。

フィードバックが必ずしもポジティブなものとは限らないが、それでも言ってもらえるだけ助かる。実際に言われたことだが、「ちょっと、このトムカースープ、ハーブが全然足りてないって！　香りが重要なんだから、この料理は。他にタイ料理屋ないんだから、もっと頑張ってよ！」などというコメントが、実は最もありがたかったりする。

ルワンダは、近隣国のケニアやタンザニアなどと比べても、圧倒的にマーケットが小さい。その中で、タイ料理屋というニッチなお店で生き残るには、いかにリピートしてもらえるか、それにかかっている。東京のように、とにかく多くの人に宣伝して、ＳＮＳで見て美味しそうだったから行ってみようという一見さんだけで回るような市場規模ではないのだ。

一度来てもらったお客さんに、とにかくリピートしてもらう。呼び込みや宣伝よりも、目の前のお客さんに満足してもらえるように集中する。

満足してもらえない場合、「次から気をつけてね〜」と指摘の上許してくれることが多いが、時として、盛大に怒らせてしまうこともある。カンカンに怒っているお客さんと対峙するのは、勇気がいる。正直、逃げ出したくなる。でも、お客さんが怒っている時は、本音を言ってくれている時でもある。その声を逃げずに聞く。そこでどう出るかが、見られているのだ。逆に一番怖いのは、何も言わずに来なくなるお客さんかもしれない。大きなものから小さなものまで、フィードバックを一つ一つ拾って、細かい改善を重ねる。

しばらくしてからまた来てくれたお客さんに、「え、前よりすごく良くなったじゃん！　あの時はどうなることかと思ったけどさ（笑）」と言われて、ホッとするのと同時に、気合を入れ直す。

せっかく、数ある（と言っても限られるが）キガリのレストランで、「今日はアジアンキッチンに行こう」と来てくれたお客さんだ。全てのお客さんと、そのお客さんからのご注文とは、一期一会なのだ。お客さんの出す注文の中に、そして食べ終わった時の表情の中に、きっと生き残りのヒントはある。

ASIAN KITCHENメニュー

ASIAN KITCHEN

— Healthy Asian Cuisine —

Best seller

1 Chicken Pho / Vegan Pho

Gluten-free rice noodle with chicken/tofu in homemade chicken/vegan broth.
Very popular Vietnamese dish. Enjoy AK style broth using local ingredients only!

C1 Chicken 9,000 Rwf C2 Vegan 9,000 Rwf

2 Pad Thai

Stir-fried gluten-free rice noodle with chicken/tofu, vegetables and egg. *egg removable

C3 Chicken 9,000 Rwf C4 Tofu 9,000 Rwf

3 Basil Rice

Sliced chicken/minced beef stir-fried with basil. Rice aside with fried egg on top.

B1 Chicken 8,500 Rwf B2 Beef 8,500 Rwf

Popular Side

F3	Fresh spring roll 4pcs (beef)	6,500 Rwf
F4	Fresh spring roll 6pcs (veg)	4,500 Rwf
F5	Fried spring roll 3pcs (Veg)	5,000 Rwf

▭ No fish sauce, No oyster sauce, No meat in that dish. See the other side for the full menu.

February 2021

TEL +250-789-991-715 (11am-10pm)

スタッフはタイ料理が嫌い

ただ実際問題、味の安定はかなり大きな課題である。シェフのレシピを見ない問題は、隣に張り付いてトレーニングをすることで、だいぶ改善してきた。

ただし、少し目を離すと、塩小さじすり切り一杯のところを、山盛り一杯を投入していたり、じっくり十五分弱火にかけるプロセスを、強火で煮立てて焦げた匂いがしてから気づく、などなど、相変わらずだ。でも少なくとも、「レシピがあれば、それに従って作るものなのだ」という意識はだいぶ定着してきたので、正しい方向へ進めているとしよう。

味がブレる一因に、シェフはタイ料理が好きではなく、味見に気が進まない、というものがある。致命的だ。新しいメニューを試食する度に、シェフのアラファトは「これ、好きじゃない」と、毎度真顔で告げてくる。あまりこねくり回さずに、ストレートに伝えてくるのは彼の良さでもある。

「そっか、好きじゃないか。でも、味はとにかく覚えてね。いつもと違う味がしたら、何かがおかしいってこと。何がおかしいのか確認して、常に同じ味を提供することにこだわろう」。私はそう繰り返す。

アラファトは、ルワンダ随一の大手レストランチェーン（と言っても全国で四店舗のみ）から引き抜いただけあって、プロ意識はかなり高い。周りと比べると別格。彼自身タイ料理に馴染みはないものの、お客さんに美味しいものを提供したい、という想いは本物だ。シェフなら当たり前かもしれないが、今日明日と自分や家族が食べることに必死な中、自分の職業にこうしたこだわりを持てるのは、けっこうすごいことだと、最近思うようになってきた。自分が好きなもので飯を食っている、というのは、ここルワンダではかなり稀なことだ。

ほとんどのスタッフが二十代の中、彼は唯一私よりも年上だ。日本の年功序列とは少し違うかもしれないが、ルワンダにも、年長者を敬う、という文化がある。しっかりとした職歴があり、周りよりも年上の彼は、常にリーダー格の雰囲気を醸し出している。

名前からもわかるように、アラファトはムスリム、つまりイスラム教徒だ。常に頭に巻いているターバンがキマっている。特技は、熱された油の温度を素手でチェックすること。揚げたてのチキンを素手で受けたりもできる。

ルワンダでは、ムスリムの割合は日本よりもはるかに多い。ざっくりとした肌感だが、私の身の回りだと一割程度がムスリムだろうか。ルワンダではキリスト教、中でもカトリックが多数派だ。

アラファトは面接の際、「豚肉は食べないが、必要があれば調理ならできる」とも断言していた。ただ、いざ豚肉を使った料理を試作した際、湯気が彼の方へ流れるだけでかなりツラそうなこともあり、豚肉料理の導入は見送った。質のいい豚肉の供給が安定しないから、という理由もあるが、いかんせんリーダーのシェフが触れないものを導入するのは、オペレーション上厳しい。

そんなアラファトは、好きではないタイ料理よりも、自分の得意なルワンダ料理を提供したい思いが強い。ことあるごとに、私にいろいろと提案してくる。彼の一押しは、「スパニッシュオムレツ」。特にスパニッシュ要素のないオムレツだが、かなりの自信を持っていて、「メニューに入れたら、絶対売れると思います」と、何度も言ってくる。

提案をしてくれるのは素晴らしいが、それは却下。「アジアンキッチン」で「スパニッシュオムレツ」と呼ばれるルワンダ風オムレツを出したら、とっ散らかってしまう。確かに、ルワンダでは、イタリアンを掲げながら中華料理もメニューに入っていたり、インド料理屋でも、中華料理屋でも、ルワンダ料理がデフォルトでメニューに入っているケースが少なくない。でも、「アジアンキッチン」と、タイ料理に限らず他のアジア料理も出せるよう幅を持たせてはいるものの、メニューの統一感は大切にしたい。

そういうわけでアラファトはじめ、シェフたちには頑張ってタイ料理のシェフになってもらう必要があるが、これがなかなかのチャレンジであることは、間違いない。

スタッフたちが、タイ料理において最初に拒否反応を示したのは、砂糖を料理に使うことだった。彼らは紅茶などに大量に砂糖を入れ、日本人の私なら一口でお腹いっぱいになるほど、強烈に甘くして飲む。が、レシピを見て「砂糖を料理に入れるだと!?　クレイジー！」といった反応。

醤油も、初めて味見するというスタッフがほとんどで、顔をしかめる程度ならマシな方。ナンプラーを嗅げば、みな「オエッ」と連呼している。味噌に至っては、「アジアではそんな腐ったもの食べるの……？　絶対イヤ！」と驚かれてしまった。

ルワンダ人は、どちらかというと保守的だ。新しいものにトライするよりは、馴染みのある従来のものを選び続ける傾向にある。少なくとも、食についてはそうだ。

スタッフにはまかないがつくが、せっかくなので何か裏メニューのようなものを、タイ料理で考えたい。タイ料理に少しだけルワンダのエッセンスをきかせ、スタッフに愛されるがあまり、ついにメニュー化しました、みたいな展開、ちょっと憧れる。

だが、スタッフは私の提案を断り、毎日毎日同じものを食べたがる。毎日決まって、切った野菜を塩で煮込んだソースを作り、それをライスか芋にかけて食べる。具材も毎日同じだし、味付けのバリエーションも極端に少ない。塩、トマトペースト、ピーナツパウダーくらいだ。毎日同じもので飽きないのだろうかと思うが、飽きないらしい。

もっとも、味付けやバリエーション云々よりも、彼らにとって大事なのは量だ。エネルギーをちゃんと確保できるかという点と、ちゃんとお腹が膨れて満足感が得られるかという点で。通勤に片道一時間歩くくらい、彼らにとっては普通だし、確実に日本人よりも運動量が多い。炭水化物は必要だ。

と、量が必要なのにもかかわらず、一日二食が一般的だ。普段は一日一食、最近ここで働けるようになったので二食食べられるようになった、というスタッフすらいた。

食事の回数が少ないのは、一般家庭にはガスがないから、という理由もある。では、一般市民はどうやって料理をしているのか？　答えは、炭だ。こちらではチャコールと呼ばれる黒い木炭で火を起こし、料理をする。木炭は数回分なら、都市部でもせいぜい数十円で買える。ガスと違って、まとまったお金がなくとも必要な分だけ買えるのが利点だが、問題は時間だ。火起こしにかかる時間が、ガスとは比べ物にならないほど長い。ガスはツマミをひねれば強火も弱火も一瞬で起こせるが、チャコールは強火になるまでに数十分はかかる。

そうとなれば、料理は一日一回となるのも納得だ。食事を楽しむどころか、食べることそのものに必死な人も、まだまだ多い。農村部へ行けば、お腹がぽっこり膨れているが、手足はガリガリの子どもを見かける。典型的な栄養失調だ。お腹が膨れるような芋やキャッサバなどは自分の畑から食べられても、その他の栄養素を補うために様々な食材を買う、そのお金がない。そういう人たちにとっては、卵ですら、食べるものではなく売るもの、という意識があると聞いた。

こうした背景を鑑みれば、日本人の食卓とは事情が全く異なることがわかる。一日三食とも違うものを食べないと飽きる、というのは実に贅沢な話なのだ。お昼は中華だったから、夜はイタリアンにしよう、というのはそもそも豊かな国でないと起きない発想だ。

という全く異なった背景を持つスタッフと私が、一緒に「美味しいタイ料理」をルワンダで追求するということ自体、難易度がかなり高いのかもしれない。……と、今更気づいてもしょうがない。たとえ味見に気が進まなくても、とにかく味を覚えてもらうしか道はない。最初は好きじゃなくても、そのうち好きになってくれるかも。習うより慣れろ、だ！

陸の孤島の物流問題

もう一つ、味の安定を難しくしている要素に、ルワンダという内陸国ならではの物流問題がある。

アフリカというと、物価がとにかく安いイメージがあるだろう。だがルワンダの場合、日本人が日本人の感覚で、最低限快適・安全に暮らしたい場合、「東京で暮らすよりもだいぶ不便だけど、ちょっと安い」くらいの感覚でいた方がいい。東京のような快適さを求めれば、東京で暮らすよりも確実に高くつく。

コストが高くつく理由は様々あるが、やはりまずは物流だろう。日本では気づきにくいが、「島国である」というのは、実はすごい恩恵なのである。私もルワンダで暮らして初めて、内陸国の苦悩が少しずつ見えてきた。

先述のように、ルワンダはアフリカ大陸のほぼ真ん中、内陸に位置し、港がない。地の利がとにかく悪い。陸路だけでも、近代的な物流が整っていれば、なんとかなるんじゃないかと思われるかもしれない。ただ、鉄道、高速道路などが見事に整備されている日本では想像し難いが、まずルワンダには鉄道がない。道路も、中国企業がルワンダ全土にせっせと道路を作っているが、丘だらけなので簡単ではない。場所によっては崖に近いような山道を、日本では走っていないようなオンボロトラックが行き交う。実際、事故も多い。

そうなると、製造業が育つのはかなり厳しい。そもそもモノを作ろうにも、資源に恵まれているわけでもなく、材料に乏しい。それでも頑張って材料を輸入して作るとする。そうして作られたものは当然高くなる。そうした商品を国内で買える層などごくごく一部だ。では外に輸出しよう、と考えるかもしれない。するとまた、輸送費や関税が乗って、消費者に届くころにはすごい値段になっている。つまり成り立たない。日本のように材料を輸入し、加工し、輸出してビジネスが成立するのは、島国だからこそできることなのだ。

ルワンダでは、輸入品がとにかく高い。例えば、日用品。中国からの輸入品が多く出回っているが、日本の百円均一で売られているものの品質を三分の一にして、値段が三倍であれば良い方だ。もっとも、これについては、日本の百均がすごすぎるとも言える。

他にも例えば、車。日本では買い手がつかないような中古車が、隣国タンザニアのダルエスサラーム港につき、更に陸路で国境を越え、ルワンダに到着する頃には、輸送費で価格が膨れ上がっている。そこに、ドカンと税金が乗ってくる。しかも、オンボロ車は修理代がかさむ。維持費も果てしなくかかるのだ。

アジアンキッチンへの影響としては、調味料の品切れ問題が大きい。調味料は、砂糖と塩以外は、舶来品だ。タイ料理の奥深い風味に必要なナンプラー、醬油、オイスターソース、各種スパイスなどなど、ほぼどれもアフリカ大陸では製造されていない。

　アジア系調味料は、中華系スーパー、各種スパイスは、インド系スーパーで買う。インド系スーパーには、庶民向けから富裕層向けまで、いくつか系列がある。アジアンキッチン横の富裕層向けスーパーも、インド人が経営している。さすがカレーの国だけあって、小さな店へ行っても、スパイスにはかなりのスペースが割かれていて、棚を眺めるのが楽しい。

　ある日、胡椒を買いに、イノセントというスタッフをインド系スーパーへ送った。しばらくして、「何軒か回りましたが、どこも品切れでした」と手ぶらで戻ってきた。

「え？　品切れ？　どこも？　いやいや、インド人のスーパーで胡椒が品切れなんて、そんなことありっこないって。ちゃんと探したの？」

「はい、ちゃんと店員にも確かめました」

「うーん。そんなはずはない。私、行ってくる！」

　勇んで行ってみると、本当になかった。品切れしているのはここだけだろうと他も当たるが、どこにもない。キガリ中で胡椒が品切れなんて……！　これにはインド人もびっくりだ。

　それにしてもやはり印僑、華僑は強い。アフリカのルワンダという、祖国から遠く離れた内陸国でも、逞《たくま》しくビジネスを展開している。人数で見ても、この二つの国は圧倒的に多い。あとは、アメリカ人、イギリス人、そして旧宗主国だからか、ベルギー人も本国の人口の割に多い。だが、その大半は国際機関やＮＧＯ関連、ビジネスといってもソーシャルビジネス寄りの人である印象だ。やはり、商魂逞しくビジネスを展開しているのは印中なのだ。

インド人には、家族がもう何代も前からケニアなどの近隣国に根付いてビジネスを展開しており、自分はそこからルワンダに来た、というような人が多い。英国がアフリカに植民地を作る際、インド人を労働力として大量に連れて来たという歴史的背景もある。

一方中国人は、ビジネスチャンスを探して来た、という人が多い。ルワンダで知り合った中国人は、「自分の世代は、成功して豊かになりたい、という野心を持つ人が多いの。日本の若者はどうなの？」と言われて、少したじろいでしまった。

例の、百均の粗悪品版が売られているのは、キガリ在住者なら誰もが知る大手中華系スーパーなのだが、品揃えはキガリ随一だ。広い二階建ての店内には所狭しとさまざまな商品が並べられている。埃っぽい倉庫のような店内で、多くの品物には埃が溜まっている。この店から帰るとすぐシャワーを浴びたくなるほどだ。

買い物をしていると、「ナンバー・トゥー！　ナンバー、トゥー!!」と、マネージャーと思しき中国人男性の大きな声が聞こえる。番号で呼ばれているのは、ルワンダ人スタッフだ。「ナンバーツー」と呼ばれたそのスタッフは、ボスのもとへ走って指示を聞き、そしてまた走って品物を取りに行く。

大きなスーパーなのでレジが複数列あるのだが、その一番奥にはいつも同じ中国人女性が腕組みをして立っていて、レジ係員をしっかり見張っている。不正を働いていないか、さぼったりしていないか、目を光らせているのだ。手足を動かすのはルワンダ人だが、中国人スタッフも多く、管理系の業務は全て中国人が掌握しているようだ。この手のマネジメントは中国やインドならではで、それが彼らの強みでもある。

この中華系スーパー、キガリ随一の品揃えだけあって、それなりに種類は豊富だ。けれども、在庫が切れると、しばらく入ってこなくなるのが難点。商品は基本的に全てコンテナで主に中国から運ばれる。売り切れても、翌日すぐに空輸で入荷、というわけではない。一度なくなると、次は数か月後、ということも少なくない。そんな状況なので、ナンプラーなど、タイ料理に欠かせない調味料は見つけた時に買い占めておく必要がある。これがまたキャッシュフローを圧迫するのだが、なくなると困るので、そうするしかない。

しかも、輸入されてくる調味料のブランドがコロコロ変わる。そうなると、味も変わってしまう。これは厄介だ。このブランドの場合、味がきついから入れる分量を半分にする、など、レシピが複雑になってしまうのだ。乾麺も、ブランドによって茹で時間が変わってくる。そもそもの話、日本で手に入る調味料と比べて明らかに品質が劣っている。せめて何種類かから選べればいいのだが、その時にマーケットにあるものを買うしかない。もう少し品質のいいブランドが、いつでも、必要な分だけ手に入ったら、どんなに楽だろう……。

だからタイ料理屋なんて誰もやってないんだな、きっと。いやぁ納得！　ハハハ！　……と考えていてもしょうがない。あるもので勝負するのだ。ああでもない、こうでもないと改良を重ねる私に、いや、どれも大して違わないって！　と最初は突っ込みたそうだったシェフたちも、最近では一生懸命ついてきてくれる。陸の孤島のルワンダで、行けるところまで行ってみよう！

水も出ないし電気も来ない

それにしても、水が出ない。水道の蛇口から水が出ないのだ。水が出ないなんて、東京から来た私は経験したことがない。

初めての時はうろたえて「え、水出ないよ⁉　どうなってるの⁉　営業どうするよ⁉」と騒ぎ立てるも、隣にいるイノセントは、「あ～。そんな季節ですねぇ」とのんびり答える。

イノセントはいつもおっとりと気立てが良く、何を頼んでも「ノープロブレム！」と快く引き受けてくれる。

季節はドライシーズン。そう、乾季だ。ルワンダはほぼ赤道直下なので、四季というものがない。雨季と乾季が交互にやってくる。乾季の間は雨が降らないので、とにかく空気が埃っぽい。何度手を洗っても水は黒く濁り、髪には土埃が絡まってザラザラする。野菜や果物の値段が上がるのも困りものだが、なんといっても最大の問題は、水不足だ。

水道局からの水は、常に供給が保証されているわけではない。需要と供給を見て、水道局が、今週はこの地域の水を止めて、この地域に流そう、来週はその逆、というように差配している。水不足対策としてタンクを二台も設置したが、大きなタンクは両方とも空っぽだ。水が出ない間は、家と店を何度も往復して、大きなプラスチック容器に入れた水を何本も運ぶ。いや、うち屋台じゃないんですけど……。

　イノセントはじめスタッフはみな、少ない水でお皿を洗うのが得意だ。水を無駄にしないように、かといって汚れが残るような洗い方はしない。限られた水を最大限有効活用する方法には熟練している。彼らは普段から、蛇口の水をバシャバシャ使って生活しているわけではないから。そもそも自宅に水道がない。一つのプラスチック容器に汲んできた水で、家族全員でシャワー、と言えるのか定かではないがそれだけの少ない水を上手に使って、体を洗ったりするのだ。

　それにしても、出ない。もう四週間になる。「いや、どうなってるの⁉　さすがに出なさすぎなんですけど！」と、イノセントと共に管轄の水道局へ乗り込む。

「その地区なら、ちゃんと水、来てるはずですよ〜」と、調べもせずに呑気に言う係の人に、なんとかチェックしに来てもらおうと、必死にアポイントを取り付けた。

「アイム・カミング」と言いながら全然来ない水道局員に、ストーカーまがいの催促を重ねること数日。ようやく現場で議論することができた。が、てんで埒《らち》があかない。

「お宅のタンクはちょっと遠いからねぇ」

「お宅のだけ水圧が弱いのかな？」
「水が漏れてるのかも」
どれも、根拠を尋ねても、全くわからなかった。納得いかずにひたすら論理的説明を求める私の横で、イノセントはいつもの笑顔で「マダム、もうここらへんでいいんじゃないんですか」と話をまとめようとしてくる。「まだ解決してないって！」と怒りながらも、日も暮れかけ、私もだいぶ疲れ果てて、「そうだね……全然意味わかんないけど、うん、もしかしてそうかもね……」と遠い目をして諦める。

本当に、この手の議論は、ものすごく消耗する。A＝Bで、B＝Cだから、A＝Cなのだ、という積み上げが一切通用しないのだ。前提を共有しない相手とのコミュニケーションというものは、こうも負荷がかかるものなのか、ということを身に沁みて学んだ。

話が完全に空中分解したところで、局員は、「でも確かにこの三週間くらい、あのスタジアムでイベントがあって、優先的に水回してたから、それが原因かもね！　そのうち来るよ！」と明るく言い残して去っていった。

それから程なくして、水は出た。止まっていた理由も、復活した理由も謎に包まれたままだったが、出たので良しってことにするか……。わからないことを追い続けるのはやめよう。修行を積むのだ、自分。苛立ちを抑えるのに必死な私をよそに、イノセントは「でもやっぱり、水道から出た方が楽っちゃ楽ですね」とニコニコしている。この人たち、強い……！

電気も頻繁に止まる。ポルターガイスト現象のように、電球の光が弱まったり強まったりすると、あぁ、また来た……と、すぐに全てのコンセントを抜く。そうしないと、この不安定な電圧で、電化製品がやられるのだ。一度停電になれば、いつ復旧するかはわからない。数十分で戻ることもあれば、丸一日戻らないこともある。

日本にいた頃、震災の時に一度だけ「計画停電」を経験した。電気がなくなる、ということがものすごく恐ろしいことに思え、心細さに同じマンションに住む知人と連絡を取り合ったことを覚えている。でも停電が日常茶飯事となった今、思う。あらかじめ電気が落ちる時間、そして戻る時間がわかっているなんて、めちゃくちゃ親切じゃないか。ノープロブレム！

店のある建物一帯には、発電機が取り付けてある。電気がなくなると、この発電機が作動して、ガソリンから電気を起こして、電気を供給する……ことになっているが、マニュアル式だし、扱える人が限定されているので、担当者がいないと電気がないままだ。

そして、この発電機用のガソリン代も、今までさんざんぼったくられていたことが、最近になって判明した。建物のテナントで折半する割に、回収しに来る頻度が高いなと思っていたが、やはり、うちが出していたお金は、その半分が回収に来る人のポケットに入っていたようだ。あぁ、またやられた……。油断も隙もあったもんじゃない。建物の管理人に渡す発電機のガソリン代すら、疑ってかからないといけないのは、実際けっこうなストレスだ。こういう日々の細かい手続きで、相手を疑うことなく任せられる日本って、すごいんだな。

ある夜。また停電した。そしてまた発電機が動かない。発電機をオンにしてくれと電話でせっつけば、今日は担当が休みなので、発電機は使えないらしい。夜は困る。朝まで続けば、食材もダメになってしまう。おまけに今日は水も止まっている。停電にはお客さんも慣れているので、「なんで真っ暗なんだよ！」というクレームがないのはありがたい。

停電に怒りをぶつけたところで、どうにもならないことは、ルワンダ在住者ならみな心得ている。自分の力でどうにもできないことで怒らないのは、我が心の平穏のためなのだ。ここでは日常茶飯事の事柄にいちいち反応していたら、憤死してしまう。そうだ、仏教で言うところの「反応しない練習」だ！　と、頭では理解しているものの、私は、いや何のための発電機だ！　何のためのガソリン代だ！　解決方法あるでしょうが！　と毎度のことながら、怒り心頭だ。

そんな私を見ながら、スタッフは大して騒ぐこともなく、常備してあるライトをお客さんに渡し、厨房を携帯電話の懐中電灯機能でほのかに照らし、料理をする。文句も言わず、重たい水をせっせと運ぶ。そう、停電や断水という事象に、淡々と「対応」さえすれど、「反応」していないのだ。電気にしろ水にしろ、なきゃないでしょうがないよねと、できることを、できる範囲で、する。

強い……この人たちやっぱり強い……！

私は、普通に営業したいよぉ、と思いながらも、水も電気もない中で営業することに、強制的に慣れていったのだった。

雨はまだか

今日もまた水が出ない。容赦なく降り注ぐ午後の日差しに照りつけられながら、繰り返し水を運ぶ。雨季はそろそろだろうか。緑の芝生は、長い乾季の間に茶色く枯れてしまった。みなが雨を待ちわびている。

ある日キッチンで、ジョイスという掃除係の女性が、何やら布を洗っていた。掃除の布巾かと思ったが、ん？　アフリカンプリントのスカート？　そう、なんと彼女は家の洗濯物を店に持ち込み、店の水と洗剤を使って洗濯をしているではないか！　またもやスタッフの斜め上から来る行動に目が点になりつつ、なるべく冷静に伝える。

「私物の洗濯は、禁止。洗剤は、店のものです。水も、店のものです。持ち込んで洗濯はしないように。それから、先に言っておくけど、勤務時間外でも私物の洗濯は当然ダメです」

ルワンダでは、一部の富裕層以外、洗濯機を持っていないのが普通だ。なのでバケツに水を張り、白い粉の洗濯用洗剤を入れて手洗いする。彼女も、店には洗濯機はないものの、水と洗剤はあるし、せっかくなら勤務中に家事を一つ片付けてしまおうと思ったのかもしれない。

持てる者が持たざる者に施しをするのは、ここでは自然なことだし、連れ立って食事に行けば、お金を持っている人が全て払う、という文化だ。だから彼女も、店の洗剤は当然供用物であり、使ってもいいと思ったのだろう。大変なのはわかるが、これもＮＧ。これを許したら、なんでもありになってしまう。せっかく運んだ水を自分の洗濯に使わないでくれよぉ。

年末にオープンしてから早や数か月、一日一日が戦いで、体力勝負だ。これまでに店を閉めたのは、元旦のみ。毎日11時開店、夜10時がラストオーダー。月曜日から日曜日まで。定休日はない。家賃は当然毎日かかるから、毎日少しでも日銭を稼ぎたい。

毎朝早くに店を開け、ランチの仕込み、ランチタイム、アイドルタイムに外での用事を済ませ、ディナーの仕込み、ディナータイム、合間を縫って新メニュー開発、ラストオーダーが過ぎれば、小口現金と売上の管理。店を出るのは、深夜にも及ぶ。しかしこれらはただのルーティーンで、ここにトラブルシューティングが毎日のように加わる。

日中は政府の安全チェックを装った不審者が来たり、夜中には壁をよじ登って物取りが来たり。安全も最低限確保する必要がある。水が出ない、電気が来ないことにはもう慣れたものの、車の故障、トイレの故障などの故障系も毎日のように起きる。

日々の通常業務にしても、卸業者に騙されたり、材料確保にキガリを奔走したり、銀行の送金手続きや税金支払い手続きでトラブって何日も過ぎてしまったり。日本ならクリック一つで済み、トラブりようのないようなことでも、こちらでは何をどうやったらそうなるのかという予測不能、理解不能な事柄が発生しまくる。朝から晩まで、こんなに働き回っているのに、トラブルシューティングで日々過ぎていってしまうのだ。

ただ、こういう状況でもまだマシなのは、日本に上司がいないことだ。現地での状況を日本の本社に報告するも、理解してもらえない、という駐在員の苦悩をよく聞く。その葛藤を端的な叫びにした、アフリカ界隈では有名な頭文字がある（といっても、発祥はアジアらしい）。

「ＯＫＹ」だ。

「お前が（ＯＭＡＥＧＡ）、来て（ＫＩＴＥ）、やってみろ（ＹＡＴＴＥＭＩＲＯ）‼」の略語である。

　例えば、お店の装飾品を勝手に売り飛ばすという突拍子もない現地社員の言動も、どう報告できよう。その原因を究明して傾向と対策を講ぜよと言われても、困ってしまう。「売っちゃダメって最初に言っておかなかったので、売られちゃいました。次から気をつけます」と言えばいいのだろうか、気をつけようもないけど。そんな報告、怒られるに決まっている。

　なぜ水がずっと止まっているのだ、原因を突き止めて水を蛇口から確保せよと仮に本国に命じられたところで、現地では目の前で日が暮れるまで説明をする現地水道局員すら、何が起きてるかわかっていないのだ。もっと言うと興味すらない。それを私が極東の上司にどう説明すればわかってもらえるというのか。仮に日本に上司がいて、あぁしろこうしろ言われても、そう、ＯＫＹですねぇ！　としか言いようがないのだ。

　あ～良かった～全然進まないけど、困るの私だけだから良いわ～なんて自分を励ます。いや、負け惜しみかもしれない。とにかく全てがもどかしい。でも、少しずつ、進めるしかないのだ。足りないものや、できないことばかり考えていてもしょうがない。目の前の作業に集中集中！

と今日も自分を鼓舞して店に立つ。
最近、ディナータイムには、お酒の注文にかかわらずお通しを出すようにした。それも、枝豆。日本人にとっては、ありふれたおつまみだけれど、昨今の欧米文化的には、ＥＤＡＭＡＭＥはヘルシーでクールな、イケてる食べ物なのだ。ルワンダには枝豆を食べる文化はないのだが、枝豆は大豆なので、あるにはある。提携農家から卸してもらえることになった。

それにしても、相変わらずスタッフの初動が遅い。枝豆は、お客さん全員に出す突き出しなのだから、お客さん来店時に、小分けにして冷凍しておいた分をすぐに茹でられるようにお湯を沸かしておきたいところだが、スタッフは注文を全て聞いてからじゃないと、動きたがらない。そうして、数組お客さんが来ると、すぐにパンクする。なんでできることをやっておかないのだ……とイライラする私。スタッフは例の如く、特に気にしていない。

最近の私の立ち位置と言えば、もはや「ＥＤＡＭＡＭＥのお湯を沸かすのが遅れるとなんかすごくキレてくる人」といった感じ。さすがにここまで、スタッフに急ぐという概念がないと、自信がなくなってくる。結局、他国の文化をルワンダ人に押し付けているだけなのだろうか。

今日ももうすぐ閉店時間だ。そんなことをぼんやり考えながら、締め作業に取り掛かろうかという時、一人の男性がカウンターまでやってきた。

「まだやってる？　あーもう仕事長引いてクタクタなんだけど、ここ、早いからさ！」

「もちろんです！」と言うと、私は小走りでキッチンへ行き、「ＥＤＡＭＡＭＥのお湯を沸かして！」と指示を出した。

　これまでも何度か来てくれたことのあるその男性は、ローレンというベルギー人だ。米国スタンフォード大学を卒業し、いろいろなビジネスに挑戦した後、ひょんなことからルワンダでマッシュルームの栽培と流通という事業を立ち上げることになったそうだ。

「え、あのスタンフォード大学出てるんですか！　うわぁ、ものすごく頭のいい人たちが行くところじゃないですか！」

「いや、ものすごく頭のいい人は、ここでこんなこと始めないけどねっ。ハハッ」

と自嘲気味に笑うローレンもまた、ビジネスの立ち上げに奮闘する日々を送っているようだ。

ルワンダのローカルマーケットで流通しているキノコは、多い時期でも二種類程度、いわゆる「マッシュルーム」は缶詰の輸入品しかない。そんな国でフレッシュマッシュルームがいつでも買えるようになれば、それは革命だ。

　ローレンは前菜のナスのサラダを美味しそうに食べ、ココナッツとチキンのスープをすっかり飲み干すと、「今日もクイックなサービスをありがとう。お互い頑張ろうね！」と満足して帰って行った。

　スタッフも、私に早く！　早く！　とガミガミ言われるよりも、お客さんからの「クイックなサービスをありがとう」の一言が、ジーンと響いたようだ。やっぱり、ダイレクトにお客さんに喜んでもらえると、シンプルに嬉しいよね。よし、もう少し、頑張ってみよう。

気がつけば、季節はレイニーシーズンになっていた。

大雨季

バケツをひっくり返したような雨とはまさにこのこと。一粒一粒、重たい雨が、すごい密度、すごい速さでトタン屋根を打つ。トタン屋根なので当然雨音は凄まじく、向かい合って座っているお客さんは、怒鳴り合うも程なくして諦め、しばし沈黙となる。ただただ雨の音しかしない。

そして。あぁやはり。雨漏りしている。

大家に連絡を入れたものの、「この雨じゃ直しに来られない」と言っている。雨だから来て欲しいのに、雨だから来られないというこのジレンマ、ツラい。雨が止んだら来ると言っているが、まぁ、早くて明日見に来て、取り掛かるのはその数日後だろう。とは言っても、待ち望んだ恵みの雨だ。雨漏りは困るけれど、これでやっと蛇口から水が出る！　……って、あれ、出てこない!?


それからも大雨が降ると、上下水道の事情が悪くなるのだろう、水道から出る水が泥水になるか、断水する、という事象が度々起こった。雨漏りしているのに断水しているこの状況に、名前を付けたい……！　水は蛇口から出て欲しいんだ。天井からじゃないんだ。

雨が降ると、スタッフが時間通りに出社することが難しくなる。全てが「雨宿りモード」になるのだ。大雨のピーク時は、視界も悪くなるほどの雨の密度なので、普段道路をたくさん走っている「モト」と呼ばれるバイクタクシーは一斉に走るのを止め、バス停や道路沿のビルの軒下、それらがない時は木の下などで、こぞって雨宿りをする。もちろん、お客さんを乗せていても、お客さんも一緒にバイクから降り、雨宿り。

大雨だろうが大雪だろうが、遅延証明を取って通勤していた私としては、やはり戸惑う。雨は遅刻の理由にはなりません！　と憤慨している私を前に、スタッフは困り笑顔のような表情をしている。そこに、ラシードという男性スタッフから連絡が入った。

「マダム、店に向かっていましたが、家の壁が雨で崩れたとたった今連絡が入ったので、今日は行けなくなりました」

ラシードは当初、ホールスタッフ志望で面接に来た。伝票作成の実技中、白熱のあまりキメてきた上着を脱ぎ、シャツを脱ぎ、最後下着姿で一生懸命伝票を作成したものの、伝票の内容はひっちゃかめっちゃかだった。英語も比較的話せるのだが、最終的には皿洗いのポジションで入社した。明るくおしゃべりで、口ではなく手を動かすようにと私からよく注意されるが、毎日ご機嫌に皿を洗い掃除をしている。

家の壁が崩壊なんて、日本では大地震や大豪雨などの災害時に発生する事象だ。だが、ここルワンダでは多くの人が土壁にトタン屋根の家に住んでいるので、台風や豪雨ならずとも、大雨が続くと家が倒壊してしまうことが珍しくない。雨漏りや床上浸水は雨季では日常茶飯事だ。とにかく一大事なので、もちろんラシードには「了解、頑張って……！」と答える。

また、出社だけではない。アポというアポが全て雨とともに水に流れる。大事な商談だろうが、緊急の用事だろうが、全て「雨だから」でキャンセルになるのだ。こんなんじゃ仕事にならない。これが雨季の間ずっと続くのか⁉

次の日店に行くと、また別の箇所で雨漏りしていることに気づいた。しかも、よりによってパソコンを直撃しているではないか！　店の業務データが全て入っているのに、あっけなくご臨終……なんてこった‼

大雨の時は停電も起こりやすいので、電化製品の電源は冷蔵庫以外全てコンセントを抜いて店を閉めるが、屋根の下で雨に打たれて壊れてしまうとは。

大家に文句を言うものの、予想はしていたが、もちろん何もしてくれない。「もうパソコンはいいから、とにかく早く客席の雨漏りを直してくださいね？　プリーズ？」と、なぜかこちらが懇願する形になっているのが悔しい。結局大家に直してもらうのは諦めて、自費で直すしかなさそうだ。トホホ。雨季には雨季の苦悩があるなぁ。

その日の夜、また閉店作業に店に戻るまでの束の間、ミナトと幼稚園生活のことなどを話す。今日は放課後に空手のお稽古があった日だ。

ミナトの放課後はほぼ毎日、課外活動で埋め尽くされていた。空手、サッカー、ルワンダダンス、アート、などなど。教育熱心だからというよりは、託児延長のノリで、片っ端から申し込んだ。私が家にいないものだから、とにかく園で時間を潰してきてくれ……！　それも体力を消耗するようなものなら、夜も早く寝られて尚良し！　という理由だ。

「どうだった〜？　今日の空手」

「あ〜、空手ね、今日はなかったよ。雨だから、先生来なかった」

何……？　空手の先生が、雨を理由に、一方的に授業を放棄しただと……⁉　空手と言えば、流派や型があり、その講師たるや肉体のみならず精神面でも鍛え抜かれたものをお持ちなのではないだろうか。雨だから来ないとは、何事だ。授業料も払っているのに。またも憤慨する私に、ミナトは諭すように言う。

「だからママ、大雨の時は先生も来れないってばぁ」

やっぱり子どもは順応が早い。

ジェノサイド・アゲインスト・ザ・ツチ

２０１６年も４月に入り、雨は激しさを増していく。一日中、または夜通しで雨が降る日が多くなってきた。

ルワンダの4月と言えば、一年で一番降水量の多い月であり、そして、ジェノサイド・メモリアルウィーク、虐殺記念週間のある月だ。２０１６年の今年は実に二十二回目となる。

街中の至る所に、「Kwibuka 22 Remember-Unite-Renew」という言葉に、ろうそくの灯のロゴが添えられた横断幕が掲げられている。「Kwibuka」とは、英語で言うと「Remember」。この出来事をみなで追悼し、国家としての結束を今一度強め、新たに前へ進もう、という決意だ。「Never Again」のフレーズもよく目にする。同じ過ちを、二度と繰り返すまいという強い誓いだ。

ルワンダには全国各地に虐殺記念館があり、キガリにもキガリ虐殺記念館がある。見晴らしの良い小高い丘の上に建ち、二十五万人もの犠牲者がそこに眠る。館内の展示では虐殺以前の歴史、虐殺の経緯、そして虐殺後から現在までルワンダがどう歩んできたかが、詳細に説明されている。私も足を運んだ。

１９９４年のルワンダ大虐殺は、多数派フツ族が、少数派ツチ族を虐殺したものとされている。日本語では「ルワンダ大虐殺」だが、ルワンダが、その公用語の英語で示す際は、「ジェノサイド・アゲインスト・ザ・ツチ」（ツチ族に対する虐殺）で一セット。

もともとは、ルワンダには十八の異なる部族というものはあったが、みな同じ「ルワンダ人」だった。そこに、第一次世界大戦後に宗主国となったベルギーが、ツチ族、フツ族、トゥワ族という区分を作り出した。その上で植民地支配の便宜上、わざと少数派のツチ族を優遇し、そこから軋轢《あつれき》が生まれていく。

分断を決定的なものにしたのは、１９３０年に導入されたＩＤカード。国民一人一人にツチ族、フツ族、またはトゥワ族というラベリングがなされた。牛を十頭以上持っていれば自動的にツチとされ、子にも受け継がれた。また、身長や小鼻の幅が何センチかなどの方法でも割り振られていったそうだ。ベルギーはそうやって、十五％を「外から来た」ツチ族、八十四％を「先住民」のフツ族、一％をトゥワ族と規定するに至った。

フツ族とツチ族の分断は年々深まり、貧困層の割合が高いフツ族は不満を募らせていく。何度か虐殺と言われる出来事が起き、その度に多くのツチ族が殺されたり、難民となって隣国へ流出したりした。そしてとうとう１９９４年、大虐殺という形で爆発した。

4月6日、当時の大統領、フツ族のハビャリマナ氏を乗せた飛行機が、何者かによって撃ち落され、大統領は死亡。それから一時間も経たないうちにキガリは軍によって包囲され、道路は封鎖。殺戮《さつりく》が始まった。

それは約百日間続き、ポール・カガメ（のちに大統領となり、２０２１年現在も現職）率いるルワンダ愛国戦線（Rwandan Patriotic Front　通称ＲＰＦ）が全土を制圧する7月までに、八十万人とも百万人とも言われる夥しい数のルワンダ人が殺されてしまった。

ツチ族に対する虐殺と言われているが、実際にはツチ族抹殺を掲げるのは間違っていると公言したフツ族の大臣など、多くの穏健派フツ族も殺されている。道で人を止め、ＩＤカードを持ち合わせていない場合は問答無用で殺す、ということが横行していたとも聞いた。

キガリで始まってすぐに全国に広まったが、虐殺実行部隊の組織化は以前から実に綿密に、計画的に進められてきていた。飛行機墜落から一時間以内にキガリで始まった殺戮は、「デス・リスト」をもとに実行された。つまり、どのツチがどこに住んでいるか、リストがあらかじめ用意されていたのだ。

実は当時の在ルワンダ駐在国連組織のトップは、武器貯蔵庫の証拠を握り、水面下で虐殺の準備が着々と進められていると、国連本部にSOSを出していた。だがしかし、当時の国連は「介入しない」という立場を貫いた。この事実は我々が知っておくべき事柄であると思う。当時の国連、主に先進国は、ルワンダ虐殺を止められなかったのではなく、「止めないと決めた」のだ。当時アフリカの小国の紛争に介入することには、「メリット」がなかったと言われている。残酷なことに、世界はこうして動いてきたのだ。

またもう一つ、この虐殺で一番の武器になったのは「ラジオ」だということも特筆すべきだろう。当時のルワンダ人の識字率は五十％台と言われ、大衆層にはまだ新聞が読めない人も多かった。ラジオは人々の娯楽であり、貴重な情報源でもあった。そのラジオがプロパガンダに使われた。フツ族が始めたラジオ局からは、連日のように、「ツチ族抹殺こそが我々の繁栄への道だ、彼らはゴキブリであり、抹殺されて当然なのだ」と流された。

ルワンダ虐殺は、隣人が隣人を殺す惨事、と言われる。生存者の手記を読むと、昨日まで隣人であり友人であった人たちに、家族をナタなどの普段使う器具で殺されるなどという、目を覆いたくなる記述にたくさん出会う。このラジオを使ったプロパガンダと、「ツチを殺さないならお前を殺す」という狂気が、一般市民を殺人者にしてしまった。

　私はルワンダに来るまで、ルワンダ虐殺のことは、ほぼ知らなかった。中学か高校の現代史で学んではいるはずだが、興味を持ったことがなかった。悲劇のさなか、94年の4月から7月は、私は神戸で楽しく小学校四年生の一学期を過ごしており、当時もそんなことは全く知らなかった。ルワンダという国の存在すら知らなかったと思う。そんな私が「知っておくべき」など語るとのもこの上なくおこがましいが、やはりこれらの事実は多くの人に知ってもらいたい。

　その始まりの日、4月7日からの一週間、ルワンダは国中が喪に服す。7日は、飲食店などは営業禁止とのこと。そしてその翌日からは、毎日午後、地域ごとに集会が開かれ、原則参加が義務付けられていると言う。

　大規模な式典では、式の間、救護部隊が後ろに控えている。フラッシュバックで倒れる人なども出るからだ。誰もが封印しておきたい残酷な出来事を、それでも人々はともに振り返る。「Never Again」の誓いのもとに。それは一週間続き、13日に締めの式典が開かれ、その際にはアジアンキッチンも面する幹線道路が通行止めになるとか。その間の店の営業について、ルールを確認しようと複数の役所を訪れたが、人によって言うことが違って、よくわからない。とにかく、7日は元旦以来の休業日とし、8日からは、集会が開かれるという午後の時間帯は店を閉め、朝の仕込みとディナーの営業は様子を見て行うことにした。

7日。街はひっそりとしている。私は久々の休みで、幼稚園も一週間休みになっているミナトと家でゆっくり過ごす。窓の外は薄暗く、まとまった雨が降り続いている。雨音以外聞こえない、静かな休日だ。これが、アデラインの言っていた雨か……。

アデラインはナニーさんの一人で、大柄で明るく、「ハーイ、ミナト！」といつもミナトに笑顔で元気に挨拶をしてくれる。彼女は八人姉妹の末っ子。厳密に言うと、八人姉妹、だった。

94年のこの時期、当時十二歳だった彼女はこの雨の中、他の五人の姉妹と、毎日毎日背丈よりも高い草が生い茂る場所に行き、明け方から日没まで、そこに身を隠した。

「エブリデイ、エブリデイ、スリーマンツ。ハイディング」

淡々とはっきり当時のことを語るアデラインの言葉を、私は終始無言で聞いていた。エブリンの時もそうだったが、本当に返す言葉が見つからないのだ。一番上二人のお姉さんは、当時既にお嫁に出ていて、アデラインはその後に、殺されてしまったと知る。

こんな雨の中、一日中草むらに身を隠すということが、全く想像ができなかった。レインコートなんてものも、もちろんない。長靴はあったんだろうか。傘なんて差せないだろうし。ご飯はどうしたんだろう。トイレはどうしたんだろう。風邪をひかなかったんだろうか。敵は近くまで来てたんだろうか。とめどなく湧いてくる疑問は解消されることはなく、私はただ雨を眺め、雨の音だけを聞いていた。

メモリアル・ウィークは静かに終わった。雨はお客さんの足を遠のかせてしまうが、このメモリアル・ウィークもまた当然、売上には響く。今日から挽回していけるかな。なんて考えていると、アレックスから静かに一枚の紙が手渡された。有給申請だ。有給は、原則一か月前に、書面で申請するルールになっている。アレックスのいつものきれいな筆跡で、こう書かれていた。

「5月14日（土）、15日（日）、家族を偲びに帰省したいので、有給を申請します」

紙を見ながら、どういうことか一瞬考え込んでいる私に、アレックスは話し始めた。

「アバトゥツィ。『牛を飼う者』。アバフトゥ。『耕す者』。僕の家は、たくさん牛を飼っていた」

アレックスは前述のように、キュッとした小顔に、すらりと長い手足を持つ。もちろん今はどちらの民族かという話はタブーなので、私は口に出したりしなかったが、私がそのどちらでもない外国人だからだろうか。二十二年前の出来事を、静かに語ってくれた。

当時、彼は四歳。十二人の大家族で、使用人もいる南部の大きな家で暮らしていた。ある日、近所の人や使用人に突然襲われて、家族が目の前で次々と殺された。自分も背中に傷を負った。十二人家族は、自分を含めて四人しか残らなかった。両親は殺された。牛は全て奪われた。

私はやはり、ただただ、聞いているよ、と頷《うなず》くしかできない。ただ黙って有給許可のサインをし、スタンプを押した。

毎年この時期は、気が滅入って何もできず、寝込んでしまう。94年から数年は、そうやって4月の雨季を過ごした人も多いと聞く。あれから二十二年。スタッフたちは、みな普通に日常を送っているように見える。

でも、みなそれぞれに過去があるのだ。二十二年前、まだ幼い子どもだったスタッフたちは、何を見て何を感じていたんだろう。まだたったの二十二年。それとも、もう二十二年、なのだろうか。雨に濡れそぼつ「Kwibuka」の横断幕を見かけては、そんなことをぼんやり考える日が、それからもしばらく続いた。

ミナト、卒園おめでとう

アジアンキッチンにも「常連さん」と呼べるようなお客さんが増えてきた。

そんな常連さんからのリクエストでダントツ多いのが、「パッタイ」。モチモチとした平たい米麺をお肉や野菜と炒め合わせ、甘酸っぱいソースを絡めるタイの焼きそばだ。

米麺をタイから直輸入しようと決め、またバンコクへ飛んだ。そしてルワンダに戻った翌日は、ミナトの誕生日だった。留守中にたまった業務を片付けるのに忙しくしている間に、同居人のマリコさんが、ケーキの土台のスポンジを焼き、大量の生クリームを用意してくれた。

店からバタバタと戻り、ミナトと一緒にスポンジに生クリームを塗り、デコレーションをする。手持ち花火みたいな、ルワンダによくある大きなろうそくを一本立てて、完成！　祝、六歳！

周りの駐在家族のように、盛大なバースデーパーティーは開いてやれないが、ミナトも嬉しそうだ。いや、もしかしたら「この前の○○くんみたいに、友達をたくさん呼んで、飾りつけをして、大きなパーティーがしたい」と心の中では思っているけど、私の忙しさを見て、何も言わないのかもしれない。

子どもは、大人の表情や会話から、状況をビックリするくらいよく把握しているようなところがある。ルワンダに来てから、母親の事情で立場や国籍の違ういろんな大人と過ごすことも増え、彼の内面はめまぐるしく変化しているだろう。

「ここだと子育てもしやすそうだな」と直感でルワンダ移住を決めたが、これもまた後からそれなりに考えた理由のうちの一つが「多様性」だった。具体的に言うと、「自動的にみんな同じ」とは異なる環境に息子を置きたかった。

それは見事にその通りになり、在ルワンダ外国人コミュニティでは、世界五大陸からの実にさまざまな国籍の子どもたちの中に交じる。

普段過ごす幼稚園では、日本人は三十人弱のクラスにやはり一人。ミナトは、相変わらずミンヒョンと、もう一人クラスにいるヨンジュという女の子の三人で遊んでいることが多い。ミンヒョン一家には引き続きお世話になりっぱなしで、今回のタイ出張の間も丸ごとミナトを預かってくれた。

日本にいると、近隣国はライバルであり、時にはいがみ合うような場面もニュースで見たりするが、こうして世界という単位から見ると、結束すべき一番近しい相手だ。自然と助け合う。もっとも、私は助けてもらってばかりなのだが。

店がオープンしてからというもの、ますます息子をほったらかしにしてしまっている。ミナトは朝7時に家の前に来るスクールバスで幼稚園へ行き、夕方まで過ごしたら、またスクールバスで帰宅。家にいるお手伝いさんやナニーさんと遊び、夕飯はこれまたマリコさんやシュンくんが面倒を見てくれる。

気がつけば、私は深夜に帰ってきて隣で寝るだけの人になっていた。せめて朝はちゃんと送り出してやろうと思いつつ、ベッドに横たわり夢うつつで「いってらっしゃい」と言うのが精いっぱい。

最初のうちは、支度が終わらないうちにバスが来てしまい、親子ともども慌てることが多かったが、そのうち朝の着替えの時間を省略するために、夜シャワーを浴びたら制服を着て寝て、朝起きたらそのまま出かける、というライフハックを自ら開発し、実行するようになった。最近では、起きて五分でもう家を出られる。六歳児もなかなかやるじゃない。

登校の際は、子どもに軽食を持たせる。簡単なものでよく、たいていは、バナナを持たせる。ちょっと手間をかけても、パンにジャムを塗る程度だ。忘れても、周りの子どもたちが分けてくれる。日本だと手抜きと後ろ指を指されそうだが、ここでは全く問題ない。

東京で会社員をしていた頃は、やはり子育てとの両立が容易ではなかった。私は息子が一歳の時に離婚している。シングルマザーの中では、確実に恵まれた環境ではあった。それでも、いつまでこの暮らしを続けられるのだろうか――常に綱渡りの感覚だった。毎朝自分の身支度も程々に、息子を急かして、急かして、最後は力づくで自転車にくくりつけ、保育園に預け、整列乗車をして電車に乗り込み、電車の中でも仕事をしながら都心に向かう。出社時点で既に一日のパワーを使い果たしていた。

すごい勢いで成長していく会社で、自分がそれと同じ成長曲線をたどれる気がしない。かと言って転職も、特に明確にやりたいことや実績があるわけでもない。そしてここでもシングルマザーというのは不安要素だ。キャリアの面でもあまり先が見えなかったし、三十歳手前、周りが夢と希望を描いて結婚ラッシュに突入していっているけど、ふっ、もう自分にはそんな日は来ないだろう。来て欲しいとも思わない。

子育てと「両立」とは言っても、両立できるようにキャリアと子育てを交互に削っているという感覚は拭えなかった。保育園でのお迎えも、ミナトはたいていいつも最後だった。取引先に叱られ、上司に怒られ、それでお迎えに遅刻した時に保育園に注意され、泣きながら息子を乗せた自転車をこいで帰ったこともある。

子どもがいるだけで「公共の場」では肩身が狭い、狭くないといけない、という子育て環境にも息苦しさを感じていた。出口を探しても、いつもどこかで「自己責任」という言葉が立ちはだかった。

　ルワンダに来て、良かったな。素直にそう思う。ミナトの誕生日の翌週の母の日に彼がくれたカードには、普段ほとんど使う機会のない、たどたどしい、でも可愛らしい平仮名で、こう書かれていた。

「ままへ。いつも、ごはんとか　もってきてくれて　ありがとう。みなとより」

　いつも美味しいご飯を家で作ってくれるお母さんというよりは、これまた私はただガパオやグリーンカレーを持ってくるだけの人になっているではないか。いやぁ、子どもってちゃんと見てるねぇ。そしてそれを言葉選びにきちんと反映させる。実に、成長目覚ましい。

　日本にいた時は、あれほど「あるべき母親像」に苦しんでいたのに、そんなことももうすっかり忘れている私は、そのカードを見て、ミナトにこう提案した。

「じゃあ今日の夕飯は、テイクアウトじゃなくて、フォーのイートインにしよっか！」

　空いている時間を見計らって、二人で熱々のフォーを平らげる。食べ終わった後、私は業務を片付ける。ミナトは邪魔にならないところで、適当に遊んでいる。スタッフは、ボスの子どもだからとミナトに変に気を遣うわけでもなく、かといってほったらかしにするわけでもなく、適度な距離で接してくれる。いい意味で、子どもを特別扱いしない。子どもがいることがごくごく「自然」なのだ。そういうところも、この国の居心地の良さの一つだなぁ。

6月末。今日はミナトの卒園式だ。学園行事に間に合わないようなことも度々あったが、今日ばかりは、ちゃんと最初から駆け付け、スタンバイする。園児の名前が順番に呼ばれ、海外の大学の卒業式さながら、角帽をかぶってマントに身を包んだ愛らしい園児たちが壇上に上がる。

ミナトの番が来た。担任のミス・ジュディスは、ミナトを「ユーモア溢れる子」と紹介し、園長先生がおめでとう！　と卒園証書を手渡しながら握手を交わす。ミス・ジュディスは、毎日そうしてくれたように、力強くミナトを抱きしめる。

最初は言葉がわからず毎日泣いていたけれど、言葉を操れない分、仕草で笑いを取りにいく姿勢、我が息子ながら、あっぱれ！　本当に、よく頑張ったね。私ももっと、頑張らなくっちゃ。

CHAPTER

3

貧しいって、ツラいよ

起こさねばならない奇跡

小学校生活も順調に始まり、しばらく経ったある晩のこと。

ミナトが「今日も、学校でアグリーダックリンって言われた」と、少し悲しそうに言ってきた。アグリーダックリンとは、「みにくいアヒルの子」だ。生まれた時から自分だけ羽の色が違って、「みにくい」。兄弟に嫌われ、母親にも見放され、逃げ出して仲間を探すけれど、どこに行っても嫌われる。自分が美しい白鳥であることに気づき、とうとう見つけた仲間に受け入れられるラストまでは、なかなかに世知辛い話だ。

「そうか〜。でも最後はきれいな白鳥になるもんね！　ミナトはスペシャルだよ、特別だよって意味で言ってるんじゃないかな！」と私は努めて明るく言うが、ミナトは「でも今はまだ、アグリーなダックリンなんだよ」と、浮かない顔だ。やはり人はこうして子どもの頃から、見た目がみんなと違うだけで、何か言いたくなるものなんだな。それも、完全に無邪気に。

最近知ったが、ルワンダ人同士でも、肌の色がより黒いか、明るめか、かなり気にするらしい。従業員と、ルワンダで実に多い名前である「ボスコ」という人について話していたら、「どっちのボスコのこと？　ブラックの方？」と聞かれて、戸惑う。どちらのボスコも、私にとっては肌の色で言えばブラックだ。顔にはてなマークを浮かべている私に、従業員は教えてくれた。

「ブラックかブラウンは、違うんだよね！　水道技師の方のボスコはブラックだし、もう一人のボスコは、ブラウン」

そうなのか。全く気にしたことがなかった。そう言われて見てみると、同じアフリカの人でも、肌の色は微妙に違う。肌の色を明るくするための化粧品まで、女性の間では流行っていたりするらしい。

ミナトが持って帰ってきたクラス写真も、全体的にかなり明るく補正がしてあって、ミナトの顔は、真っ白に写っている。背景と同化寸前だ。

「今のクラス、スキンのカラーが違うの、ボクだけなんだよ。ボクだけ」と以前から何度か言っていた。「二人だけってことはないでしょ。二割くらいは外国人なんだから。わかる？　十人いたら二人は外国人ってこと」と、その度に私はあっさりと答えていた。ところが写真の中で肌の色が違うのは、確かにミナトだけだった。

「ママ、ボク言ったでしょ！　いつもボクの話、聞いてない！」と、写真を差し出すミナトに、また怒られてしまった。ごめん。

ただ、さほど深刻に心配しない理由の一つに、欧米人またはアジア人はチヤホヤされるマイノリティ、という背景がある。シンプルに、欧米人やアジア人というだけで、お金持ちだと思われるから。お金持ちだと思われるからいじめられない、というのも、身も蓋もない言い方なのだけれど。もちろん、不快なこともある。今回ミナトが「アグリーダックリン」とからかわれていたことも、それに当たるのかもしれない。道を歩けば、「ムズング！」と正面から指をさされる。

ただ、これがもし、ルワンダよりも貧しい国から出稼ぎに来た移民の、明らかに見た目も違う子どもなら、また事情は百八十度変わってくるだろう。富と権力というのは、どこへ行っても、子どもの世界でも、セットなのだ。

外国人は自動的に特権階級に認定されるが、実際ルワンダ社会には、格差というものが歴然と存在する。ほんの一握りのお金持ちと、その他大勢の貧しい人たち、という構図で。

ミナトの通うおぼっちゃま学校、その立派な学び舎は、緑の丘の上にそびえる。朝の登校の時間、辺りはたくさんの高級車でごった返す。お抱え運転手の運転するランドクルーザーやレンジローバーから、パリっとアイロンのかかった制服に身を包んだ生徒が次々に降り立つ。

その丘の下には、バラック小屋の連なる、スラムのような地区が広がっている。駐車場を取り囲むようにある草むらでは、子どもが、さらに幼い子をおぶって、何かを探している。黒ずんだぼろ布を着て、汚れた容器で水を運ぶ子も見える。足元は、裸足だ。車でそばを通ると、こちらをじっと見つめながら、「アイム・ハングリー」と手を差し出してくる。何度見ても、この光景は、慣れない。

ルワンダは虐殺以降、毎年高い成長率を保ち続け（２０１８年は八・七％）、しばしば「アフリカの奇跡」と呼ばれる。２０００年に就任したカガメ大統領のリーダーシップは絶大であり、２０２０年までに中所得国、２０５０年までに高所得国となる目標を掲げ、次々と政策が打ち出されているのだ。この経済成長率をけん引しているのは、ＩＣＴ関連などのサービス部門である。

一方、約七割と言われる国民が従事する農業は、産業の構成比としても、成長率としても、依然低いままだ。先にも述べたように、産業の発達に大きな壁が立ちはだかる内陸国の苦悩もある。国際貧困ラインと言われる、一日一・九ドル以下で暮らす人口の割合は、２０１６年で五十五％を超えている。成長率こそ高いが、一人あたり国民総所得は七百八十ドル（２０１８年。日本は約四万ドル）と、まだまだ貧しい（世銀）。

貧しい現実とは裏腹に、首都キガリを訪れる観光客は、この街の整然とした綺麗さに驚く。空港から会議場や主要部の高級ホテルなどに続く幹線道路は、もちろん全てアスファルトでしっかりと舗装されている。木々が整然と並び、ゴミも落ちていない。大通りから見える住宅の垣根はしっかりと手入れされ、ヨーロッパ風の、美しい白壁または赤レンガに三角屋根の立派な邸宅ばかりだ。

だが、そこから伸びる未舗装の道に一歩入れば、様相はガラリと変わる。赤土の凸凹道を、舞い散る土埃の中、下へ下へとくだってゆくと、並ぶ家はバラック小屋になる。汚水が上から流れて来るのか、強いにおいが鼻をつく。トタン屋根を乗せた土壁と土壁の間から、汲んできたわずかな水をバケツに張り、手で洗濯する女性や、裸足の子どもが赤ん坊をあやしている様子などがチラチラ見える。でもこうして歩いて垣間見える景色やにおいは、手配した運転手に運転してもらう車の車窓には、届かない。

キガリ市内での富裕層と貧困層のコントラストも強烈だが、首都と地方も、別世界と言えるくらい、その様相が異なる。田舎に行くと、子どもたちが「ムズングゥー!!」と叫びながら、わーっと駆け寄って来る。みなボロボロの服に裸足だが、元気いっぱい走って車を追いかけて来る。そして、その数がすごい。まさに、群がって来るのだ。

子どもたちは笑顔だ。そしてその笑顔は、希望だ。ルワンダでは、人口が増え続ける今、これからも、もっとたくさんの子どもが生まれてくる。その笑顔を見て、「心が洗われました」というような感想を述べる日本人もいるけれど、私は素直にそうは思えない。屈託のない可愛らしい笑顔に、希望と同時に、危うさを感じてしまう。

この数の子どもたちが大人になる頃、ルワンダに産業は、果たしてできているのだろうか？

この数の子どもたちが大人になる頃、働ける場所は、あるのだろうか？

確かに、あの虐殺からのこの経済成長率は、奇跡だ。でも、この国の子どもたちの笑顔を見ると、それは、これからも起こさねばならない、起こし続けねばならない奇跡なのだと、思わずにはいられないのだった。

スロー・ラーナー

ある日店に行くと、シェフのネルソンが、かなり動揺した様子で報告に来た。

「電子レンジが、掃除した後、動かなくなりました」

「え、壊れたってこと？　これからランチタイムなのに！」

「スイッチを押しても動かないんです。汚れてたから、分解して水で丸洗いして、その後ちゃんと元通りにしたのに」

「は？　ぶ、分解っ？　そして、水で丸洗いした……え⁉」

「はい！」

　あっちゃ～。今日もまた斜め上から来た。ネルソンは完全に善意でやっているというのが、これまたどうしようもない。電子レンジは分解して水で洗っちゃダメって、確かに言ってなかったね……ハハハ……と独りつぶやきながら、「電子機器は危ないから、勝手に分解しないで。で、たいていの電化製品は水で洗っちゃダメ。乾いた布で、拭いて」と伝える。この前の大掃除でも、ある掃除係が、冷蔵庫の上からバケツの水をぶっかけているのを発見し、慌てて注意したばかりだ。

　ネルソンは、ますます動揺する。

「え、水洗いしちゃダメだなんて、そんなの知らなかった……！　オー・マイ・ゴッド！」

　いやいや、オーマイゴッドはこっちのセリフだわ……。この前のは電圧が不安定になったからか、その直後に動かなくなった。その後に新調したものが、丸洗いで壊されるとは、これでは電子レンジがいくつあっても足りない……！　あぁ頭が痛い。でも、今回の件を経て、また同じことが起きなければ、良しとしよう。と、自分を慰める。

　スタッフ教育でなかなか難しいのは、一度言えばできる、ということが期待できないこと。異文化の中、「一を聞いて十を知る」なんて贅沢なことは要求しない。でもせめて、三言えば、一はわかってもらいたいところだ。だが実情としては、言うだけでは確実に遂行されないので、言う、言ったことを書く、それを壁に貼る、さらに説明する、やってみせる、やらせてみて、フィードバックして、再度繰り返す、というプロセスが、どんなに基本的な作業にも必要だった。一連のプロセスを丸ごと任せることが難しく、工程をこちらで全て切り出して、その工程ごとにこちらから指示・確認することが必要なのだ。なので、私の仕事が一向に減らない。

　タスクを切り出してそのボールをスタッフに「よろしく！」と投げると、キャッチミスどころか、スルーされ、紛失され、私がボールを探しに行く、という余計な作業まで発生してしまう。ボールを投げたって、「あ、受け取った方が良かったんですか？　知りませんでした」と我関せずだ。

　自分だけでは抱えきれないので、切り出してスタッフに渡しても、今度はその切り出したタスクの工程ごとにリマインドする、それも一度ずつではない、という途方もない作業が自分にのしかかってくるのだ。このやりとりは実際、かなり消耗する。

　今日もそうだ。従業員のイノセントに、「ダウンタウンのこの店でこれを買って」と細かく指示したのに、全然違うものを買ってくるので、一緒に出向くことにした。イノセントに任せられれば、この時間を他のことに使えるのになぁ、と少しイライラしながら運転する。

助手席のイノセントと、何気ない会話をしていると、ふと生い立ちの話になる。

「アイ・ワズ・ア・ストリート・チルドレン」

イノセントは、いつもと変わらない、穏やかな笑顔でそう言った。1990年生まれのイノセントは、孤児院出身だ。それ以上のことは、知らない。

孤児院を運営する信頼できるルワンダ人からの紹介で、面接に来た。ホールのポジションに応募してきたが、相応の英語がほぼ話せず、不採用とした。ただ、その時の腰が低く純朴な人柄がなんとなく印象に残っていて、もう一人掃除係が必要となった時に、来てもらったのだ。

「オォケイ」と私は、「聞いているよ」という意味で、短く答える。

ジェノサイドが起きた当時、三、四歳だった彼は、母親を亡くし、父親とも生き別れ、他の兄弟とも離れ離れになり、そのまま路上生活が始まる。いわゆる、ストリート・チルドレンになったのだ。路上生活は十年ほど続く。父親は、その後亡くなったと知る。

「どこで寝てたの……?」

四歳なんて、ミナトよりも幼い。そんな子どもが一人、路上で暮らすなんて想像がつかなさすぎて、つい頭に浮かんだことをそのまま聞いてしまった。でも考えてみれば、一人で暮らすというよりも、当時はそんな子どもでどこも溢れていたのだろう。虐殺で孤児になった子どもは、十万人に近いと言う。

イノセントは「ああいうところ」と指を指すが、そこには何もない。ちょっとした茂みがあるだけだ。「オォ、ケイ」と答えたものの、やはりどうしても想像がつかない。

イノセントは、続ける。その十年間、多くの人と出会ってきた。路上で死んでいった仲間もいたし、犯罪に手を染めてしまった友達もいた。大変だった。ライフ・ワズ・ノット・イージー。でも、いい人にもたくさん出会った。残飯を恵んでくれる人もいれば、物乞いをすればお金をくれる人もいた。助けてくれた人がたくさんいる。「アイ・ソー・メニー・ピーポー、グッド。だから、自分もグッド・マンになりたいと思ってやってきたんだ」と。

「……オォ、ケイ……」そう答えるのがやっとだった。運転するのもままならない気持ちで、サイドミラーを見ながら、ゆっくりと車線を変更する。

「今ではこうして仕事もあるし、英語も勉強できている。ボクは、子どもの頃に、学校に行けなかったからね。大人になってから始めると、覚えるのにも時間かかっちゃうんだ」

そうだ。学校に、行けなかったんだよね。そりゃあ、それどころじゃないもんね、と、当たり前のことに今更気づき、気の毒に感じた。

でもイノセントは、誇らしげに言う。

「スローリー、スローリー、バット、アイ・アム・ラーニング」

もう、返す言葉は見つからなかった。イノセントは、物覚えが早い方ではないので、注意することが多い。「前も言ったよね？」「これ、言うの、何回目？」と。

その度にイノセントは穏やかな笑顔で「ソーリー、次はちゃんとやります」と答えていた。

そういえば、少し前から試用期間として働き、イノセントから仕事を教わっていた若い男の子についても、イノセントは「スローリー、スローリー、ヒー・イズ・ラーニング」と私に言っていた。私は相変わらず事務的に、「遅い。スローリーじゃ困る」と返していたし、結局その男の子は不採用とした。覚えの悪さを、私は待てなかった。

「スローリー、スローリー、ラーニング」。この言葉が、こんな背景、こんな生い立ち、こんな人生観から紡ぎ出されているなんて、全く知らなかったし、知ろうともしなかった。

「ちょっとずつ進んでまーす」という軽い返答に聞こえて、苛立ってさえいた。

目的地に着いて、買い物を済ませた。イノセントは、やはりいつもの穏やかな笑顔で、教えてくれてありがとう、とお礼を言った。私はまた「オォケイ」と答えただけだった。

シングルマザーばっかり

皿洗いのイボンヌは、私が見ているとは知らずに、お客さんが残したビールを、クイっと喉に流し込んだ。

スタッフは、お客さんの食べ残しを、私の目を盗んで食べている。私はもちろん推奨していないが、キレイに半分残されたライスなどは、捨てるのがしのびなかったりもする。かといって、食べていいよと公言すると、お客さんから見える場所でガッつきそうで、公言はできない。スタッフが残飯を食べることには今更驚かないが、イボンヌは妊婦なので、少しびっくりした。

家に帰って、早速マリコさんに「妊婦なのにビール飲んでました！　しかも、お客さんが残したやつ」と話すと、マリコさんはこう答える。

「あーそれね、ビールには栄養があるって思ってる人もいるから。まぁ実際、何も口にしないよりはマシなのかも？」

そうなのか……赤ちゃんがいるのに、ではなく、赤ちゃんのために、飲んだんだな。思いもよらなかった。

イボンヌは、先日父親を亡くしたばかりだ。仕事を終えて、ちょうど店を出る時に電話で入った父親の訃報に、彼女は泣き崩れた。だが葬儀が済んで店に戻ると、「ザッツ・ライフ」とだけ言って、悲しい素振りはもうすっかり見せない。父親にこそ会わせられなかったが、新しい家族が増えることに、とても幸せそうだ。

イボンヌには、夫はいない。ルワンダではシングルマザーが珍しくない。というより、圧倒的にシングルマザーが多い。

私が店または家で雇ったことのある子持ち女性のうち、夫がいる人は、今のところ二人しかいない。妊娠がわかると相手が去っていくパターンが多いようだ。ルワンダの合計特殊出生率は約四人（２０１７年、世銀）と多いものの、実は初婚の平均年齢は比較的高い。なぜなら、結婚には、相当なお金がかかるから。

多くの人にとって、正式な結婚はかなりハードルが高いと言えるだろう。実際アジアンキッチンでも、籍を入れ所帯を持っているのは、今のところ三十代半ばで以前から定職に就いていたアラファトだけだ。

ルワンダは、議員数に占める女性の割合や、閣僚に占める女性の割合が世界トップクラスであることで知られている。が、実はそこにもジェノサイドが関係している（下院では約六割、閣僚は二十六人中十三人、２０１９年）。

ジェノサイド直後は、死者の大半、逃亡者の大半、そして囚人の大半は男性という状態。それ以外の人口の八割が女性になったとも言われている。そんな事情から、必要に迫られて、女性の政界進出が進んだというのが実態だった。そこから、女性は財産を相続できないという因習が法律によって変わったり、女性も土地を担保に融資を受けられる制度ができたり、教育制度の改善により女性も大学へ進学できるようになったりと、変わってきたのだ。

ルールを決めるボードメンバーに女性が否応なしに登壇し、そして実際の法や仕組が変えられていったプロセスというのは、とても興味深い。だがルワンダの場合、そうして制度こそ大きく変わったが、人々の意識が変わるスピードは追い付いていない。

たとえ女性が働いていても、家事をするのは相変わらず女性の役割と考えられているし、田舎では、女性が子どもを背負い、畑仕事の合間に家事をしている傍らで、夫は朝から男性グループとバナナビールで酔っぱらっている、という光景を目にすることもある。知人の女性から、彼女がナニーとして稼いだお金を、夫の浮気に使われたというとんでもない話まで聞かされて、心底溜息が出る。

また、家庭内暴力も、それこそ国際舞台でその事情が詳らかにされる機会もないが、ひどい話をよく聞く。殺人事件にまで発展するケースもある。知人の知人、程度の近しい距離で、これまでに二回、女性が夫に殺される事件を聞いた。悲しいが、これが現実だ。

さて、ルースも、ナニーとして働くシングルマザーの一人だ。英語も堪能で、仕事もテキパキと早い。一人で中学生になる娘と九か月の息子を育てている。ナニー本人にも赤ちゃんがいる場合、他の家庭で働く間、彼女自身ナニーを雇い自分の子を預ける。私たち外国人がそのナニーに支払う額は、彼女たちが自身のナニーに支払う額の、十倍が相場だ。ここにも、国際社会の格差の縮図がある。

働き始めて一か月ほど経ったある木曜日のこと。仕事を終えて帰り支度をする彼女の電話が鳴り、少し難しい顔つきで何やら会話をしたあと、私に許可を求める。

「明日、休みをいただけませんでしょうか。今週、息子の具合が悪くて。発熱と、嘔吐の症状があるんです」

赤ちゃんの発熱や嘔吐は、よくあるとは言え、心配だ。私はもちろん許可をして、また様子を教えてね、と伝える。

翌日の金曜日、ルースに電話をする。電話口のルースは、落ち着いてはいるが、赤ちゃんは下痢も続いているらしく、やはり来られないとのこと。「了解、お大事に」と電話を切り、シフトを組み直す。

土曜日。お客さんが途切れたアイドルタイムに、一息つく。カウンター席に壁に向かって座り、お腹が空いたから何か注文しようかと考えているところで、電話が鳴った。ルースからだ。

「もしもし、ルース？」

「マダム。……マイ・ベイビー・イズ・ゴーン……！」

あまりにも突然だった。ルースは泣き叫ぶように「息子が逝ってしまった」とだけ私に伝えると、あとは嗚咽に変わった。周囲からは、おそらく親族だろう、複数の女性の慟哭が聞こえてくる。こんな風に、大人が激しく泣き叫ぶ声が複数重なって聞こえてきたのは、人生で初めてかもしれない。私は白い壁を前に、頭の中が真っ白になりながら、必死に言葉を探す。全身が、ゾクッとした。

「アイム……アイム、ソーリー。ルース、アイム・ソー・ソーリー……（本当に、お気の毒に思います）」

それ以外の言葉が出てこない。ルースは、しばらく私の次の言葉を待っているようだったが、電話はそこでプツリ、と切れた。

私はまだ茫然と、白い壁を見つめていた。そしてふと、気づいた。ルースは私に電話をする時、かならずワン切りで私に折り返しを依頼する。今のは、ほとんど無言だったのに、彼女から発信された通話だ。無言のメッセージ。きっと何かが必要なんだな。でも、私にも初めてのことで、どうしていいのかわからない。

私はすぐに、マリコさんに電話をした。マリコさんは、気が動転している私に、テキパキとアドバイスをくれた。

「彼女のお給料はこのくらいで、英語はかなり話せる方なんだよね？　そうしたら、きっと、このくらいのお金を出してあげたら、かなり助かる額なんじゃないかな。お葬式も、それなりにお金かかるからね。それにしても、まだ九か月か……ツラいね」

私よりも何年も前から、そしてもっと多くのルワンダ人を抱えるマリコさんは、やはりいろいろと知っている。私は現金を封筒に入れ、そのまま別のスタッフに届けに行ってもらった。まだ月の中旬だが、今月のお給料も全額一緒に入れた。空腹はもはや消え、上の空でディナータイムを過ごした。

ザッツ・ライフ

赤ちゃんを亡くした翌月、ルースは戻って来た。

突然授乳が終わってしまったルースは、しばらく乳腺炎に苦しんだようだ。子育て中の母親は、理由があって授乳をやめることはあるが、乳腺炎にならないように徐々に減らすなどの方法をとる。そうすれば、母乳が作られる量も徐々に減るので、母乳が詰まることもない。でもルースは、こんな理由で突然に授乳が終わってしまった。母乳が詰まる痛みは、私もなりかけたことがあるのでわかる。身体の痛みだけでもとてもつらいのに、心の痛みは想像を絶する。それを飲む我が子はもういないなんて……。でも彼女は、二週間前に我が子を失ったとは思えないほど、気丈に働いている。

「ザット・ハプンズ・イン・ライフ（そういうことも、人生にはあります）」と彼女は、寂しい笑顔で言った。もし今はまだ働く気になれないなら、しばらく休んで、後から復帰できるようにすることもできる、と伝えると、ルースは驚いた顔をしてこう言った。

「働かせてください。娘もいるんです。働かないわけにはいきません」

結局、直接の病名はわからない。「偽の歯が生えてきて、そこから病気になった」と、地域の療法士に診せた彼女は言うが、何のことかがわからない。

ルワンダの医療水準は、日本と比べるとやはり著しく劣る。一般人の医療知識も、低い。医者ではなく、その地域の伝統療法士に相談するというケースもまだまだある。高熱、下痢、嘔吐が止まらずに、いわゆる「医者」に診せた時は、既に手遅れだった。脱水症状を起こし、最後は涙も出ないほど目も乾き切ってしまい、再度病院へ連れて行こうとおぶった背中で、息を引き取ったと言う。日本だったら、助かってたのかな——考えてもしょうがないことだが、考えずにはいられなかった。

ルースの家は、キガリの外れにある。あまりバイクタクシーも通っていないような地域だ。病院へ行くにも、まずは大通りまでおぶって歩く必要がある。日本だったら、電話一本ですぐに救急車が来てくれただろうな……。

もう一つ心に引っ掛かっていることがある。亡くなった週の水曜日、ルースが仕事をやりかけのまま帰ろうとしたことに気づいて、帰りたそうな彼女を引き留めて、ちゃんと仕事を片付けるように言ったのだ。彼女は拒むこともなく、はい、とだけ言って応じたが、赤ちゃんのことが気になって早く帰りたかったんだろうな。言ってくれれば良かったのに。働き始めたばかりの場所で、心証を悪くしたくないと思ったのかな。私の中で、少し後悔のような、罪悪感のようなものが、胸に引っ掛かっていた。

しばらくすると、ルースの勤務態度が崩れ始めた。遅刻と早退が増える。ルースは、雨だから、家が遠いから、娘の試験が近いから、と色々な理由をつけて、勤務時間の短縮、または交通費支給を要求する。面接の際、「あなたは家が遠いけれど、通常交通費は支給しないが大丈夫か」と念を押したばかりなのに。

でも、今の彼女の精神状態が気になる。時折仕事の合間に、陰に隠れて人知れず泣いている彼女を何度か見た。私は言われるがままに、要望に応えた。

ルースの要求は続く。この大雨で、家が崩れそうなので、修繕費を貸して欲しいとのことだ。彼女は珍しく、賃貸物件ではなく持ち家に住んでいる。だから家と職場がかなり遠いが、引っ越さないのだ。要求された額は、彼女の月給の倍を優に超えている。

私は普段、お金を貸さない。貸すと、なぜかいつも、勤務態度が悪くなったり、急に来なくなったりするからだ。従業員にお金を貸すのは、ご法度。でも、今回は……。もしこの大雨で本当に家が崩れて、残された家族まで失ったりしたら——。例の罪悪感が、チクチクと私の胸を刺す。私は、お金を貸すことにした。

嫌な予感はしていたが、ルースの働きぶりは、悪くなる一方だった。そしてどうやら、自分で小さな売店を始めたことがわかった。何を資金にしたかは、想像がつく。もううちでは働けないだろう。借金は、毎月の給与から天引きで、半年かけて返済の予定だったが、そのお金も諦めるしかなかった。

最後に彼女は、「してくださったこと、全てに感謝しています。お金も、いつかどこかで返します」とは言っていたが、真意はわからない。お金が戻ってこようがなくなろうが、もうどちらでも良かった。返ってこないことは半分予想しながら、貸すと決めたお金だから。後から罪悪感にさいなまれたくないという、半ば自分のために渡したお金だから。

私はもっと、毅然とした態度をとるべきだったのか？　私がもっとしっかりマネジメントしていれば、彼女もここで働き続けて、安定したお給料を稼ぎ続けられたのではないだろうか？　人が赤ちゃんを亡くすと、このムズングはこんなに動揺するんだな。と、思われたのかもしれない。ザッツ・ライフ——そうやって強く生きていく人たちを前に、私はただのオドオドした外国人だ。

ここの人たちは、強い。どんなに辛いことがあっても、「ザッツ・ライフ」とまた前を向き、乗り越えていく。でもその強さを美化なんか、できない。だってそれは、それ以外に彼女たちに選択肢がないという残酷な現実の裏返しだから。どんなに辛くても、苦しくても、受け入れて前を向いて、今日という日を自分と家族が生きるため、また歩いていくしかないのだ。

それにしても本当に、売店の経営だけで食べていけるのだろうか。上の娘には、一生懸命学費を払って、試験のことも気にしていた。学費は大丈夫なんだろうか。もしあのお金を売店の開業費用に使ったのであれば、この雨で家の壁は崩れたりしないのだろうか。いや、そもそもそんなのは、ただの口実か。考えてもどうしようもないことを、一晩中、天井を叩く雨音を聞きながら、とりとめもなく考えた。

脅迫電話

最近、盗難のニュースをよく耳にする。どうやら年末が近づくと、盗難が増えるようだ。クリスマスのお祝いに、年越しの準備に、いろいろあるのだろう。この時期に何かと物入りになるのは、世界共通なのね。

　繰り返しになるが、外国人が狙われる凶悪犯罪は、首都キガリではほとんどない。夜出歩くのを控えなくちゃ、子どもが誘拐されないように護衛を強化しなくっちゃ、と考える必要まではないのは、とてもありがたい。

　一年近く、来る日も来る日も深夜に店を閉めて、自分で車を運転して帰宅しているが、もしこれが近隣国なら、売上の現金を狙われてとっくに銃殺されていてもおかしくない。

　盗難というのも、実は顔見知りの犯行である場合が多い。つまり、ほとんどが内部犯によるものなのだ。○○エステートで貴重品が盗まれたと言えば、そのエステートの警備員が一枚かんでいることが多い。外部の実行犯と結託して、その実行犯の誘導係をするのだ。××スーパーの駐車場で車のパーツが盗まれたと言えば、スーパーの警備員が、これまた実行犯と連携しているケースが多い。常連さんににこやかに挨拶をしながら、買い物の長さの傾向などをつかむのだ。

　見知らぬ人に突然襲われる凶悪犯罪よりはマシかもしれないが、普段から周りの人を疑って過ごさないといけないのも、なかなか悲しい。

　店でも、食材や現金の管理は、不正をしたらすぐバレるような仕組みで固めているし、設置している防犯カメラは、外部はもちろんだが、内部統制のためでもある。そもそも採用の段階から細心の注意を払っている。経験や能力を見る以前に、悪いことをしそうかどうかは、大前提としての確認事項だ。

実は、店ではなく個人的に雇ったドライバーから脅迫され、警察のお世話になる、ということが最近あった。

女手一つで店を回し、子どもを育てているので、少しでも効率が上がればとドライバーを雇った。名をボスコといい、最初は腰の低い働き者だったが、数か月すると、少しずつ働きが悪く、かつ傲慢になっていった。だんだん運転が荒くなり、時間にもルーズになり、ことあるごとにお金を要求するようになったので、辞めてもらうことにした。試用期間のまま、打ち切りという形をとる。その月の給料全額に、更に上乗せしてお金を渡し、嬉しそうに去っていったと思いきや、脅迫電話がかかってくるようになった。

「金をよこせ！　さもなくば、オマエの人生をめちゃくちゃにしてやる！　こっちは、失うものなど、何もないんだからな！」

電話を無視しても、今度はメッセージがしつこく入り、それも無視していると、家のナニーや警備員にも電話がかかってくるようになってきた。ボスコには、子どもと暮らす家、私の職場など、生活全般を知られているだけに気持ちが悪い。念のため、弁護士を介して警察に相談した。

要求された額は給料の倍以上。決して少なくないが、それを払ってしまう方が簡単にも思えた。でも、更にエスカレートしても困るし、また、それを見た他の雇っている人に、「あぁ、あのムズングは脅せばお金を出すんだな」と思われるのも厄介だ。

結局、犯罪を取り締まる部署から一本電話を入れてもらうと、脅迫電話はぴたりと止んだ。警部は、「なぁに、相手が外国人だから、多少ごねればお金がもらえるって思っただけですよ。よくあることです。本気で脅迫してきたわけではないでしょう」と笑って言った。こんなことで怖がる必要はありませんよ、お嬢さん。と言わんばかりの様子だった。

確かに、そうなのだろう。実際、電話一本で解決したのだから安いものだ。でも、腹は立つ。脅迫って、軽い気持ちだろうと、犯罪だぞ。軽い気持ちだからこそ、腹が立つのかもしれない。ごねてみたらお金が出るかも、というあからさまな魂胆が不快だった。

別に、彼が極悪人だとは思わない。むしろそこが厄介なところで、ただ生きてゆく手段として簡単に人を脅迫してしまうことが、悲しい。これが、貧しいということなのかもしれない。

もちろん、貧しくても、嘘をつかない人もいる。心の清い人も、いる。でも自分がここで生きる親なら、貧しくてもそうあれ！　って教えるだろうか。それとも、貧しいなら、どういう生き抜く術があるか教えるだろうか。

「助けてあげよう」と意気込んでルワンダに来た外国人が、繰り返されるスタッフの嘘や不正、裏切りに失望し、さじを投げる場面を何度か見てきた。私もここに来るまでは、一事が万事、小さなことでも、いけないことはいけないと断罪してきたと思う。でも。どうなんだろう。

盗まなくても、嘘をつかなくても、脅さなくても、裏切らなくても生きていけるなら、それは必ずしも、心が清いってことじゃない。そういう場所に生まれたっていうことなんだ。

はねられたのは、エマーブルだ！

やれやれ、この時期はいろいろあるなぁ。と思っていたある日のこと。ランチタイムが始まる前に、早めの食事を客席でとろうと、いくつか料理を注文する。トムカースープの味を久々にチェックしよう。

トムカースープとは、チキンスープのうま味と、ココナッツミルクのコク、そしてパクチーなど各種ハーブの香りが複雑に合わさったスープだ。料理が運ばれ、ふんふん、見た目は良し、さてお味は、と、食べようとしたその時。

突然キキーッ‼　とブレーキを踏む音と、何かがぶつかるようなドォーン‼　という大きな衝撃音と、キャー‼　という女性のものすごい叫び声がほぼ同時に聞こえてきた。何事かと思い外へ出ると、車道に倒れている人を、周りの何人かの男性で、歩道に運び出そうとしているのが見えた。

ルワンダで交通事故を見るのは、これが初めてではない。特にバイクタクシーの事故が多く、倒れて痙攣を起こしている乗客や、血だまりができていて直視できないような現場をこの一年だけでも何度か目撃した。明らかに、事故の頻度が高い。

やっぱり事故現場はいつ見ても、怖いなぁ。そう思いながら客席に戻り、改めて試食にとりかかる。怖いなぁと思いつつ、スープの味の方がよっぽど気になる程度には、私の感覚も麻痺している。スープを口に運ぼうとした瞬間、女性従業員のムトニが、青い顔をして叫び出した。

「ザッツ、エマーブル！　オー・マイ・ゴッド！　ザッツ、エマーブル！」

え⁉　エマーブル……⁉　私はすぐさま席を立ち、事故現場へ走った。エマーブルは、店が直接雇っている警備員だ。エマーブルって、うちのエマーブル？　なんで彼が道路ではねられるんだ？　どうして？　どうしてエマーブルが？　焦りと心配と疑問で、パニックになりそうなのを必死に抑えながら倒れている人を見ると、本当にエマーブルだ……！

　かなりの大怪我をしている。頭からは大量の血が流れていて、思わず目を背けたくなる。警備服は破れ、靴は脱げている。気を失っているのか、呼びかけてもほとんど反応がない。

　どうしよう。一刻も早く病院に連れて行かないと。この国、救急車は来るのだろうか。来ない気がする。私が運転して連れて行こう。スタッフ数人で、すぐさま車にエマーブルを乗せた。救急ボックスの包帯で傷口を抑えるが、血が後から後から出てきて、座席に染みる。

　エンジンをかけて出ようとしたちょうどその時、エマーブルをはねた車を運転していたと思しき男が、すごい剣幕で近寄って来た。

「自分で運ぶな！　救急車を呼べ！　じゃないと、オマエが困ったことになるぞ！　途中でそいつが死んだりしてみろ！　オマエの責任になるぞ！」

　え……？　なんで？　でも、とにかく今すぐ行かないと！　振り切って車を出そうとすると、スタッフにも制止された。

「今すぐ警察も来るので、まず救急車を待ちましょう」と言ってくる。この国ではそうした方がいいのだろうか。でも、この間に手遅れになったらどうするんだ⁉　私は苛立った。

警官はすぐに来た。ルワンダでは、警官は大通りには見渡せる範囲に一人はいるくらい、普段から道路沿いにたくさん配置されている。来た警官も、やはり救急車を待て、と言う。幸い、エマーブルも意識はあるようだ。命に別状はないと思いたい。

チンピラ風の運転手の男は、警官から連絡先などいくつか聞き出されていたが、それが終わると、そのまま運転して去っていった。後日、エマーブルが警察に出向かないといけないとのこと。

どうして……⁉　男は、俺は悪くないということをずっと言っていたけど、だからって……。エマーブルはまだこうして、血を流しながら、助けを待っているというのに。

事故発生から、一時間は経っただろうか。やっと救急車が来て、エマーブルは運ばれていった。

クラリセに店の現金を渡し、付き添ってもらう。

その後も何度もクラリセと連絡をとるが、「まだ受診の順番待ちです」としか返ってこない。一刻を争うと思い、待たされる保険適用ではなく、自費診療でいいから、とお金を渡したのに。

結局、あの大怪我にも関わらず、エマーブルが診てもらえたのは、もう夜も遅い時間だった。命に別状はないものの、額をパックリと切っていて、手をねん挫、足は骨折していた。そして、夜中の一時に病院から出され、帰宅したとのこと。信じがたい話だが、確かにこの国の様子を見ていると、これがシステムの限界なのかもしれない。

でもとりあえず、ホッとする。本当に、生きていて良かった。死ななくて、良かったよぉぉ。

とっさに店の有り金をクラリセに託したけれど、現金が一切なかったら、どうなってしまっていたのだろうか。実際にかかった治療費は数千円だったけど、数千円も持ち歩いているルワンダ人なんて、ほんの一握りだ。

この国では、救急を受診しても、最初に保険証を見せるか、保険証がなければ受診費用を先払いするのが通例だ。救急車も、タダではない。

それにしても、どうして、歩道にいたはずのエマーブルがはねられたんだろう。事故当時、何があったのか本人に聞いても、「アイム・ソーリー、マダム。プリーズ・フォーギブ・ミー」と、困ったように答えるだけだった。なんで謝るんだろうか。治療費がかかったことを申し訳なく思っているのだろうか。

店の前の道路は、空港と主要な役場や国際会議場を結ぶ幹線道路で、車の往来が激しい。直線なので、かなりのスピードを出している車も多い。

目撃者の話だと、エマーブルは、道路に落ちていた一枚の五百ルワンダフラン札を拾おうとしたところを、車にはねられたという。

五百ルワンダフランというのは、日本円にして五十円ほどだ。その紙幣には、ＩＣＴ立国のシンボルとしてノートパソコンで勉強する子どもたちの姿が描かれている。一人一台のパソコンを使って勉強する子どもたち。この国の未来の姿であり、希望溢れる絵だ。

ＩＣＴは、内陸国で貿易や産業発達に不利、人口も少なく資源にも恵まれないルワンダが賭ける、生き残り戦略である。紙幣に描かれているその未来は来るのだろうか。五十円を拾おうとしてはねられてしまったエマーブルのことを考えて、なんとも言えない気持ちになる。

死んでしまったルースの赤ちゃん。増える盗難。ボスコの脅迫。はねられたエマーブル。

お金があったら、ルースの赤ちゃんは、きっと死なずに済んだ。

お金があったら、ボスコは、きっと私を脅迫なんてしなかった。

お金があったら、エマーブルは、きっとあんな事故に遭わなかった。

貧しくても、彼らの笑顔は輝いているとか、言うけどさ。お金がなくても、彼らは強く逞しく生きているとか、言うけどさ。幸せと、物質的な豊かさはイコールではないとか、言うけどさ。

やっぱり、貧しいって、ツラいよ。

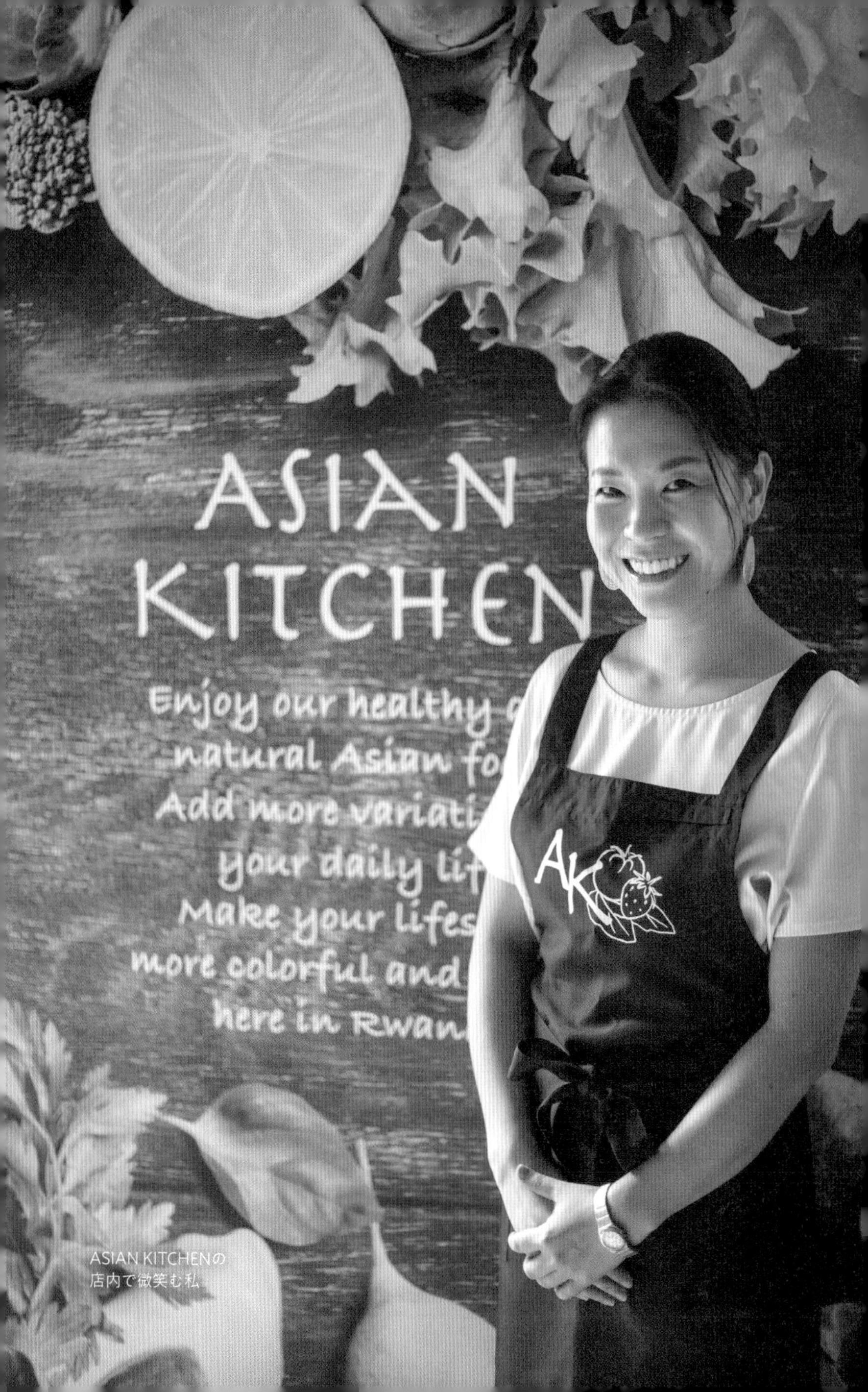

ASIAN KITCHENの
店内で微笑む私

❸

❶ムスリムのコック、アラファト
❷今日もナニーさんの背中でスヤスヤ眠る娘、サラ
❸緊張気味の息子、ミナト。隣は、いつもハグしてくれたウガンダ人の先生
❹「千の丘」と呼ばれるルワンダの景色
❺元ストリートチルドレンのイノセント。いつもこの微笑

❹

❶

❺

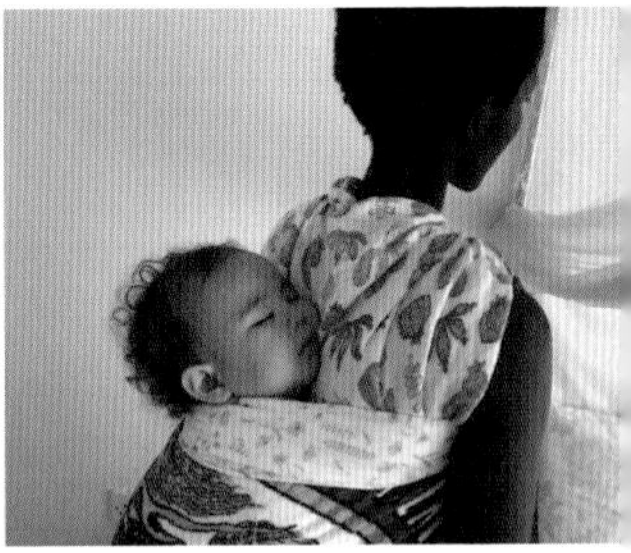

❷

❻スピードと持久力が持ち味のシェフ、セルジュ
❼ルワンダの市場。野菜、果実、肉、そして雑貨までなんでも揃う
❽結婚し、新婦の家族へ月給3ヶ月分の牛を贈ったジャン
❾笑顔が爽やかなホールのエース、アレックス
❿伝票データをスマホに入力するクラリセ

❻

❾

❼

❿

❽

新しいショッピングモールと、夜には光り輝く国際会議場

田舎の子どもたち。裸足でどこまでも走る

中古車ばかりなので、エンストは日常茶飯事。通りすがりの人が助けてくれる

㊧作り直してもらったサービスハッチ。図面ちゃんと見て！
㊨パッタイを食べに来てくれるルワンダ人ファミリーの常連さん

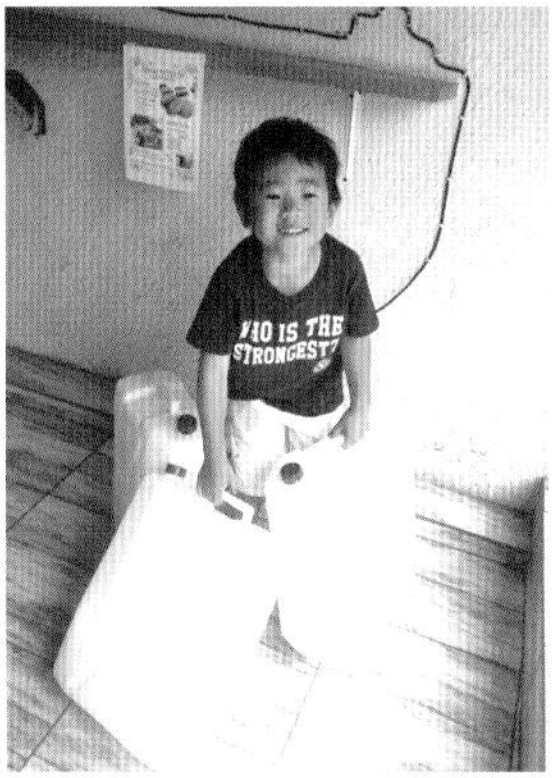

㊧水が止まる度に、容器を持って水を汲みに行く
㊨木工所にて。どんなに大きくて重い物も、頭に乗せてひょいひょい運ぶ

ルワンダでもタイカレーは作れる。ミナトも大好き

日本の飲食店からヒントを得た
ガパオチャーハン

アジキチの看板メニュー、パッタイ

㊧フルーツはすっごく美味しくて、とっても安いから、幸せ
㊨ルワンダではコーヒーが名産

市場に並ぶバナナ。ルワンダでは、調理して主食として食べることが多い

日々トラブルは尽きないけど、気づけばいつもみんなで笑ってる

CHAPTER

4

歩き続ける

慈善事業じゃないんだよ

相変わらず、従業員から給料の前借りを懇願される。

今月は、アラファトと、イノセントと、クラリセ。彼らはいつも、お金に困っている。蓄えがない。わずかばかりの手持ちの現金と衣類に、例えば中古のマットレスが全財産だったりする。銀行口座を持っている人も少ない。口座は持っているだけで手数料もかかるし、口座が必要になるような、毎月の定額収入がある人も少ない。実際アジアンキッチンの従業員の多くも、契約書を交わす際に振り込み先の銀行口座を聞くが、「持っていないのでこれを機に開きます」という返答だ。

借金や前借りの理由は、家族の病気が多く、次いで家族の学費、自分の学費、引っ越し代など。家族の病気でお金が必要、または家族を亡くして忌引き、というのも日常茶飯事だ。

ルワンダで言う「ファミリー」とは、一族全体のことに近い。例えば「ブラザー」と言うのでよくよく聞いてみると、いとこだったりする。「アント」と言っても時としてもはや血のつながりのないおばさんのことだったり。実際、94年の大虐殺で親を失った親戚や他人を、自分の子どものように育てた人も多いと聞く。なかなかに複雑だ。

「アントが亡くなって今日お葬式なので休みます」と申し出があり、え、また？　と思う。ほぼ毎月アントが亡くなっているけど、どうなってるんだ⁉　そう思っていたが、ファミリーが大人数なので母集団が大きく、かつ日本のような高水準の医療もないので、死亡率も高いとは思われる。掛け合わせで、忌引きが多くなるのは辻褄が合うと言えば合う。という前提の中で、やはり適当に誰かが死んだことにして、それを欠勤の口実に使う人もいるので、忌引きの頻度が異常なことになる。

アジアンキッチンの従業員たちは、そんなファミリーの大黒柱になっている場合が多い。定職についている人が少ないこの国で、彼らは一族の頼みの綱なのだ。ファミリーの人数がそれだけ多ければ、緊急事態や、何かと物入りな場面も、もちろん多くなるだろう。でもその度に借金や前払いを依頼されても、困ってしまう。アジアンキッチンを運営するのは株式会社であり、慈善団体ではない。給料は、水道をひねればじゃぶじゃぶ出てくる水とは違うのだ。もっとも、この国では水道をひねってもいつも水が出てくるとは限らないけれど。

それでも、スタッフたちは決まって最初はこう言う。

「ムズングのレストランなんだから」

ルワンダでは、持てる者が持たざる者をサポートするのは、自然なことだ。稼ぎのある人が、ファミリー全員を養う。連れだって食事に行けば、収入の多い人が、みんなの分を支払う文化もある。

その感覚からすると、お金持ちのムズングは、ルワンダ人を助けて当然なのだ。事実、ルワンダを「助けに」来ている外国人は多い。ここに住む多くの西洋人や日本人、韓国人などは、国連機関や、国際協力機関の人だ。「ゼイ・アー・ヒア・トゥ・ヘルプ・アス」ルワンダ人はこう思っている。

　前払いと同じく、スタッフからは昇給の申し立てもかなり頻繁に受ける。ただそれらは、自分の職能を鑑みると昇給が妥当だ、という交渉では一切なく、「生活が苦しいから給料を上げてくれ」「ファミリープロブレムで困っているので、給料を増やしてくれ」というものだ。

　生活が苦しいのはわかる。何かとプロブレムが起こってしまうのも、わかる。が、それが理由で昇給を認めるのは無理だ。何度も言うがアジアンキッチンはビジネスであり、慈善事業ではない。そこを理解してもらうまでに、なかなか時間がかかる。

「魚を与えるのではなく、魚の釣り方を教える」という言葉がある。国際協力や国際開発に関わる人は、みなこの言葉を意識しているだろう。先進国の人間が途上国に来て、お金や人、技術をもって支援しても、一時的には潤うものの、その先進国の人間が去った後、継続しないことが多い。国際協力機関が資金と技術を提供して掘った井戸が、彼らが去った後、メンテナンスができなくなり、誰も使わなくなり、最終的に打ち捨てられてしまうような。その魚釣りに例えた言葉は、資金と技術を一方的に提供して終わるのではなく、その後どうやったら地元の人たちが自分たちで再現し、継続していけるかを教えることが肝要だ、ということを表している。それは果たして、持続的＝サステイナブルなのか、という命題。

　国連が２０１５年に定めた「Sustainable Development Goals（持続可能な開発目標）」はＳＤＧｓ

と略され、サステイナブルであることは人類の永続に不可欠だと広く認識されるようになってきた。

が、この魚の釣り方を教え、それを浸透させ、それがずっと使われ続けるというのは、現場ではなかなか難易度が高いことなのだ。現地の人たちの多くは「とにかく魚をください」というマインドセットであり、教える側も使命感を持って魚釣りを教えることに挑むものの、途中からその大変さにくじけて、「もう魚あげちゃえ！」となることが少なくない。

無理もない。今日明日食べることに必死な人たちだ。銀行に預金もない。そんな状況で、「サステイナビリティを見据えて、再現性を獲得しよう」と日々の仕事に向き合える方がむしろすごい。

ルワンダは近年、ＩＣＴ人材の育成に力を入れている。テクノロジーを駆使した新たなビジネスアイディアを提案して、国際協力機関や投資会社から資金を獲得するイベントなども積極的に開かれているが、驚きの裏事情もある。ここで見事に資金を獲得した起業家の卵が、そのお金を自分や家族の生活費に使ってしまって、ビジネスは起こせずじまい、なんていう事態が散見されるのだ。確かに、ビジネス資金を獲得したという話を聞きつけて、親族が押し寄せてくる画が想像できてしまう。

現実は厳しいが、それでも私はスタッフに対して、ビジネスであるという前提は崩さない。昇給を望むなら、何ができるようになったのか？　どのくらい周りと比べてパフォーマンスがいいのか？　スタッフは、きょとんとする。「え、お金持ってるんだから、細かいこと言わないで、くれればいいのに、ケチだな」とあからさまな態度をとられることもある。

先週クラリセから、また給料の前借り依頼があった。その上に、今日は仕事をドタキャンときている。よりによって、この忙しい曜日に！　どうなってるんだ⁉　店には、家族の病気で今日は行けなくなったと連絡があったらしいけれど、問い詰めないと気が済まない。電話をかける。

「ブラザーが病気で、病院で付き添えるのが私しかいないんです」と、電話口のクラリセは答える。

ほぉ。よくもまぁ、いけしゃあしゃあと、毎度同じ口実を使えたものだ。そもそも、前に弟はいないって聞いたことがある。本当に、適当なことばっかり。頭に来る。

「証拠はあるの？」そんなものないだろうと、返事を待たずに電話を切った。簡単には休めないんだということが伝われば、と思った。ほどなくして、クラリセからメッセージで、一枚の写真が送られてきた。

そこには、薄暗い病室の粗末なベッドに寝かされ腕に点滴が繋がれた、弟と思われる人と、クラリセが写っていた。

「……」

私はそのスマホを片手に、固まってしまった。

ウキウキするようなシチュエーションで撮った写真でもないのに、少年はどことなく、はにかんだような、少し嬉しそうな表情だった。姉と一緒に写真に収まることを、喜んでいるような。痩せていて小柄な少年のように見えるが、年を考えると青年だ。点滴の針が刺さった痛々しいその腕は、痩せ細っている。無表情で写るクラリセは、弟に、何と言って写真を撮ったのだろう。私はこの大きな動揺を悟られないように、「日付をさかのぼって有給申請の書類を書いてください。そしたら有給扱いにします。早く良くなりますように」とだけ定型文さながら伝え、逃げるようにスマホを閉じた。

しばらく、顔を上げることができない。私はルワンダで、何をしているんだろうか。いや本当に。私は、ルワンダで、何をしているんだ。お金は貸さない、ましてやあげない、だってあなたたちのためにならないから、と息巻いて。

ビジネスとして成立させるのは、やっぱり難しいのかな——溜息が出る。

実際、まだまだ経営も安定していない。まだ赤字ばかりだ。ビジネスだなんだと豪語しているその経営がこれだ。もう、魚をあげちゃった方がいいのかな。せめて、ここにいる外国人として。

でもそもそも、そんなのおこがましい話だ。魚をあげにきたわけでも、魚釣りを教えに来たわけでもない。息子と幸せになりたくて、勝手に来ただけだ。私はルワンダで、何をしているのだろうか。これまで薄々感じていたものの、見て見ぬふりをしてきたものが、俄然ムクムクと頭をもたげ出した。

もう、店なんてやめる

とある平和なランチタイム。ルワンダ人の常連客マイケルが、いつもの隅の席で、新メニューのガパオチャーハンを美味しそうに頬張っている。

ガパオチャーハンとは、炒めたひき肉をご飯の横に添えるガパオライスの変化形で、最初からご飯と炒め合わせるチャーハン。万人受けする味付けで、早速好評だ。

マイケルはかなり裕福なルワンダ人で、百九十センチほどの高身長にスキンヘッド、眼鏡の奥の眼光が鋭い。彼は不動産仲介会社のマネージャーで、実は彼の会社が、ここアジアンキッチンの物件を紹介してくれたのだ。

例のケニア人施工主エリックも、この会社からの紹介だった。エリックにはその後も、過払い分を返してくれと何度も何度も要求してきたものの、梨のつぶてとはこのこと。気は進まないが、弁護士に相談するしかないか……。

いつものように、たわいない世間話をする。子どもをインターナショナルスクールに入れているが、その学費が高くてねぇ、とマイケルは言っている。高くても払えてるんだから、すごいよなぁ、なんて考えていたら、衝撃の事実が突如として告げられた。

「エリック、逮捕されたねー」

「ほわ……、ホワアアアーット!?」

私は周りのお客さんが全員振り向くくらい、客席で大声をあげてしまった。

「あ、知らなかった？　ルワンダで逮捕されたんだけど、家族か誰かが保釈金積んでね。で、すぐにケニアに飛んだよ。逃げ切ったね～」

目が点になっている私をよそに、マイケルは「これ新メニュー？　美味しいねぇ、いいねぇ」とガパオチャーハンをすっかり平らげた。「でもこれじゃ足りないよ！　ご飯の量、倍にしてよ！」とマイケルは言う。

今はご飯の分量どころではない。なんと、エリックは、私が着手金として支払ったお金で、ケニアにある自宅のリノベーションをしていたのだ。これまたとんでもない話だけれど、マイケルは「インターナショナルスクールの学費が高いわぁ」という話と同じ温度感で伝えてくる。

なるほど、そりゃあ、アジアンキッチンの施工が全く進まないわけだ。そして、返せもしないわけだ。だって自分の家のリノベに使っちゃってるんだもん。もう、絶句するしかない。私の目は点どころか、もはや白目だ。

こうした詐欺行為をいたるところで繰り返し、今回ついにお縄になったらしい。でもケニア人なので、ケニアへ飛んでしまえば、ルワンダの司法ではできることにも限界がある。

マイケルは、そもそも自分の部下が紹介した人だなんてことも忘れているかのように、他人事だ。特に会社としての責任を感じている様子もない。だって、どうしようもないじゃん。という感じ。

いや、どうしようもないかもしれないけどさ……。マイケルは、「次回は増量してね〜」と言い残して、ご機嫌に店を出て行った。

困った……。客席で立ちすくむ私。返ってこないことが確定した金額は、決して少なくない。絶対にあんな額を最初に払ってはいけないという教訓はしかと学んだが、なんとも高くついた勉強代だ。資金繰りに頭を抱える。

店の賃貸契約の更新日も近づいてきている。ルワンダでは一年分まとめて支払う契約も珍しくなく、うちの場合も更新には、再度一年分の家賃が必要だ。これも、かなりの額である。

大家はルワンダ人の女性で、名をセシルと言う。いつも愛想が良く、なんでも「ノープロブレム！」と答える。最初は感じのいい人だなと思っていたけど、実際は誰にでも何にでも「ノープロブレム！」と言うだけで、雨漏りにも対応してくれない。平屋のアジアンキッチンを含むひと連なりの建物を丸ごと所有していて、他にもたくさんテナントを抱えている。

ある日隣の平屋に、新しく別のテナントが入った。セシルがそのテナントに、アジアンキッチンが自費で設置したトイレを案内し、「ここが共用のトイレなので、使ってね」と勝手に言っているのを目撃した。おいおいおい、ちょっと待て。

「これは私が自分のお金で作ったトイレです。あなたがトイレの増設を拒否したから。これはうち専用のものです。建物全体の共用トイレにしたいなら、施工にかかったお金、支払ってください」

セシルは、なんのこと？　と、いつものようにすっとぼけた様子。テナントは、「このトイレが使えると言われた上で、契約を交わしたのに」と戸惑っている。

無理もない。テナントは全く悪くないし、お隣さんなので無駄に対立したくない。セシルからの支払いの確約は得られないままに、私はこのトイレを共用にするより他、なかった。セシルは悪びれた様子も全くなく、本当に腹が立つ。

私はすぐさま状況を文章にして「あなたが今日現場で認めた通り、今日からこのトイレが共用になりましたね。つきましては、設置費用を家賃から差っ引いてください」とメールを送った。もちろん返事はすぐには来ないが、何度も再送し、電話でもプッシュし、「了解」の一言はメールでゲットした。これで必ずトイレ代、取り返してやる。

この一年、ルワンダで学んだことに、「約束は必ず書面、最低でもメールで証拠を残す」というものがある。どんなに明確に言葉で約束を交わしても、それがどんなに信頼できそうな相手でも、口約束はかなりの確率で破られる。「破る」と言っても、相手も破っている意識はない。「え、そんなこと言ったっけ？　言ったかもね～。でも、気が変わったの」というような具合だ。

セシルの厄介な行動は、そのトイレ事件だけではなかった。最近になって、昨年支払った一年分の家賃が、過剰請求だったことが発覚した。

税金分として大幅に乗せられていた分のお金は、別に税金でもなんでもなかったということがわかったのだ。

「これはこの国の税制で乗せられるお金です。でも、還付の対象ですから」と、さも当然のように説明していたが、セシルからは税金として国に納められておらず、したがってもちろん還付の対象にならないことがわかった。セシルめ……！

当然、返金を要求する。ただ、この国で返金を勝ち取ることの難しさは、これまでの短い期間でも嫌と言うほど味わってきている。成功した試しもない。

税務局に相談すると通告すると、セシルは慌て出した。それでも返金分のお金が用意できないとのことで、結局その分は、次年度の家賃の支払いの際に差っ引く、ということで落ち着いた。

彼女がホテルを建設しているのは知っている。そこに使うお金があるなら、今返してくれればいいのに。資金繰りとしては、一度返金してもらえた方がずっと楽になるのに。でも、返ってこないよりは、まだマシだ。トイレ代も、あのメールを盾に、家賃から差っ引いてもらうのだ。

そう思っていた矢先のこと、またもや衝撃的な知らせが届いた。なんとセシルが、破産した！

「ノープロブレム！」ですべてを解決しようとするあの様子で、どうせろくな経営をしていなかったのだろう。ホテル建設は打ち切り、そしてアジアンキッチンの入るこの建物も、差し押さえの対象となった。最終的に、建物は中国の会社に買われ、新しい大家は中国人になった。

え……あのお金、どうなるの……!? 私はすぐに弁護士に連絡し、諸々確認をとる。どうやら、新しい中国人の大家が、このお金を家賃から差っ引く義務はないらしい。いわんやトイレ代をや。

マズい。マズい……。私の目はまたもや白目だ。もう黒目が戻らないかもしれない。

弁護士を立てて、セシルと直接話し合う場を設ける。何度もすっぽかされるが、弁護士からも最後通告を出してもらい、セシルとようやく対面かと思いきや、現れたのはセシルの夫だった。

またその手か……。

夫は、元議員とかで、契約の要所要所で姿を現すが、なんとも嫌な感じの人だ。上から目線で、自分の方が格上だと言わんばかりの態度で、でも言うことは実にけちくさいことばかり。都合が悪くなると、いつも突然フランス語しか話せないふりをし出す。フランス語が話せない私は、こういう時の交渉事は、かなり不利になる。

弁護士も交えていろんな策を講じたが、結局、お金は戻ってこないことが確定した。弁護士ですら、最終的には、「ま、破産しちゃってますからねえ。ないものはないから、しょうがないですね」となだめてくる。どっちの味方だ。

「訴訟を起こすという選択もあります。時間もお金も労力もかかりますよ。でも、勝てる見込みは少ない。被害を最小限に留めたいなら、ここで身を引くのが賢い選択です」悔しいけれど、その通りのようだ。

この時、自分の中で、ずっと張りつめていた糸が、ぷつん。と切れるのがわかった。

ルワンダに来て一年と数か月、後ろを振り向かず、とにかく無我夢中でひた走って来た。多少騙されようと、こんなのよくある文化の違いだ、こんなんでへこたれていたら、商売なんてできない。そうやってここまでやってきた。でもここにきて、全てのことが走馬灯のように頭を駆け巡った。

施工が進まないことについて、エリックが並べていた言い訳。それを受け入れていた自分。

カーペンターや水道技師や電気技師、ほぼ全員の不正。

従業員に対してすら、できない油断。

トラブルシューティングで終わっていく毎日。

ルワンダの人との成り立たない会話。

違い過ぎる文化。

埋まらない溝。

守られない約束。

募る徒労感。

自分のやっていることに時折湧いてくる疑問。

儲かっていない、という現実。

二歩進んで、一歩下がる。実際は十歩進んで、九歩下がっているのかもしれない。が、その一歩分が進めていれば、まだ頑張れると思っていた。でも、勘違いしていたのかもしれない。たとえ牛歩のようでもなんとか登っているつもりだったけど、そもそも乗っていたのは高速の下りエスカレーターだった、みたいな。降りるなら、今かもしれない。

もう、店なんて、やめる……！

親離れ、子離れ

はぁ……。どうしよう。やっぱりよそうかなぁ。いや、書くしかない。

私はパソコンを前に、頭を抱えていた。メールの新規作成画面を開いたものの、なかなか書き出せない。でも、言うなら今しかない。書くんだ、自分！

メールの宛先は、「アフリカ起業支援コンソーシアム」。日本企業・経済人が立ち上げた団体で、アフリカで起業に挑戦する若手邦人を支援することで、アフリカと日本の相互関係の向上と持続的成長を促進することを理念としている。

実はこちらの団体から、支援を受ける第一期生として選出されていた。第一期生の最優秀賞受賞が決まっているのは、ウガンダでシングルマザーを雇用しバッグ工房を立ち上げた、ＲＩＣＣＩ ＥＶＥＲＹＤＡＹ代表の仲本千津さんだ。

プレスリリースの日は、数日後に迫っている。このタイミングで辞退だなんて、なんて迷惑な……。お金はそれこそ、喉から手が出るほど欲しいが、もう事業を続けないと決めた以上、事業のための支援金を受け取る訳にはいかない。意を決して、お詫びをした上で辞退する旨のメールを書き上げ、送信ボタンをえいっ！　とクリックした。ふぅ……。落胆のような、安堵のようなものを胸から吐き出しながら、パソコンを閉じて店に向かう。

従業員には、まだ何も言わない。今後事業を畳むにしろ、売却するにしろ、方向が決まってから、伝え方を考えよう。今伝えても、動揺が広がるだけだ。

ここまで頑張ってついてきてくれた従業員だ。彼らに次のボスを見つけるか、次の職を見つけるか、考えないといけないが、今はまだ悟られないようにしなくては。とにかくいつも通り、仕事をする。

お客さんにも、いつも通り接する。「もうね、いろいろあって、アタシの心は折れちまったんでさぁ」なんてやさぐれた態度で接客するわけにも当然いかず、いつも通りの笑顔でお迎えし、いつも通り世間話をして、お料理をお出しする。

もうやめると決めたものの、輸入食品は半年分以上残っているし、この元廃墟にも相当な投資をして、飲食店を運営できるまでに整えた。売上も、黒字転換目前だ。開店して一年足らず、まだまだこれから、というところだったのに。でも、もう決めたんだ。

コンソーシアムからの支援の辞退も無事完了した。事務局を務める渋澤健さんからは、お叱りを受けるどころか、人生に対する激励のメッセージまでいただいた。

まずは売却を検討しよう。知人のつてをたどって、売却に興味がありそうな人を探し始める。興味があるというインド人にタダでインド料理屋と合併させられそうになったり、とある中国人は、乗り気だったものの、「従業員の給与が高過ぎる、従業員は引き継げない」と言われてしまったり、なかなか難しい。

ここは焦っても、しょうがない。果報は寝て待て。いいご縁を待ちながら、新たに投資をするのはもう控えつつも、今持っているもので回せるだけ回そう。

ただ、従業員に気づかれるのも、時間の問題だ。これまではいつも、「サムシング・ニューを常時用意していないと、お客さんにはすぐに飽きられてしまう！」と、間髪を入れず新メニュー開発を重ねたり、新しい機械は少々高くても積極的に試してみるなど、攻めの姿勢を続けてきた。そこから一転して守りに入ったことは、毎日接している従業員にはすぐ伝わるだろう。

緊急ミーティングを開き、会社の経営がかなり厳しい局面であること、私は資金調達に集中するのでオペレーションは今までよりも大幅に任せる、と従業員に伝える。「資金調達に集中する」というのは方便だが、総論としては事実だ。

サービスの責任者にアレックスを、キッチンの責任者にジゼルを指名する。

ジゼルは、小柄なアフロヘアの女の子。この国の最高学府、ルワンダ大学の農学部を出ている。目立つタイプではないが、頭の回転が速く私との意思疎通もスムーズで、仕込み量の計算から実際の残数チェックまで、キッチンでの食材管理をそつなくこなしてくれている。

ジゼルとアレックスなら、それぞれキッチンのこと、ホールのことに関しては、業務の全体像がわかっている。二人には責任感もあり、きっと頑張ってくれるだろう。私は、二人とそれぞれ直接コミュニケーションをとりつつ、最前線からは一歩下がることにした。

ある日のディナータイム。最近はミナトと夕飯を食べられる日も、週に数回作れるようになった。ミナトにおやすみを言い、店に戻ると、なんと満席だ。

アジアンキッチンは、カウンターも合わせて全部で二十八席の小さな店だ。数組のお客さんがいるところに団体さんが入れば、一気に満席になる。恐る恐るキッチンを覗くと、あぁ、やはりパンクしている……！

私も入ろうとすぐにエプロンをして、でもそこではたと手を止めた。第一線からは、離れると決めたんだ。

外から見ていると、ルワンダ語の怒号が飛び交うキッチンで、スタッフたちは慌ただしく、食材や皿を運び、鍋を振っている。アレックスは客席の状況を見ながら、この料理まだ？　こっち先に作って！　とテキパキと指示を出す。

シェフの一人、セルジュは、数か月前には私から「あなた、急いでる？　っていうか、急ごうっていう意識、ある？」と叱られていたことなど嘘のように、新人シェフに「急げ！　早く！」と指示を出している。ルワンダ語で「急げ」は「ブバブバ」だ。この「ブバブバ」が繰り返し聞こえてくる。どの顔も、真剣そのものだった。

これまでは、「ルワンダ語でしゃべったら、私がわからないでしょ！　アシストできないから英語で話して！」などとスタッフに言っていた。私が手を動かさないと、目指すレベルでは回らないと思っていた。

そんなこと、もうとっくに必要なかったのかもしれないな。私が先回りしてやってしまっていたから、スタッフに「ボスがやってくれるし」と思わせてしまっていたのかもしれない。私が率先垂範で手を動かすからこそ、従業員がここまでついてきた側面も、確かにあるだろう。でも、いつまでもムズングがしゃかりきにならないと回らないレストランであっても、しょうがないのだ。

ちょうど、親離れ、子離れの時期なのかもしれない。スタッフたちは、特に指名されたアレックスとジゼルはじめ、みながどことなく誇らしげだった。任せてくれ、俺たちだけでだってやれるんだぜ、と。

私はそっとエプロンを外し、店を出た。車に乗り込み、エンジンをかけたが、胸がいっぱいで、しばらくボーッとする。暗い夜の中、明るく照らされた店内では、食事と会話を楽しむお客さんの間を、アレックスがテキパキと動き回っている。

決まってる。板についてる。当初は客席のど真ん中にボーッと座り込んでいたなんて信じられない。かっこいいよ！　私も、誇らしかった。

よし。サイドブレーキを下ろし、駐車場を後にした。

ミナトに謝れ

もうやめる、と決めてから、皮肉なことに売上は順調だった。オープンしてから一年弱で、もう無理だ、と諦めるのは時期尚早だったのかもしれない。何事にも、結果が出るまでには時間がかかる。もうやめる、と決めるまで必死に仕込んできた様々なことが、今、時間差で効いてきているのを感じる。

仕込んできたことというのは、まずは、新規顧客の獲得策として、ファサードのリニューアル。店名から漠然と「アジア料理の店」としか認識していない人たちに対して、カフェとしても使えるタイ料理屋なんですよ、ということをアピールするために「Thai Café and More」と大きく書いた看板を付けた。既存客から、アイドルタイムのカフェ利用を促進する狙いもある。

また、ランチに比べて少ないディナータイムの客数アップの施策として、ランチタイムとディナータイムで雰囲気を変え、ディナー需要の創出を試みた。カクテルも用意し、客単価も上げに行く、などなど、ありとあらゆる手を尽くした。

これらの施策には、プロの日本人に入ってもらい、大掛かりな内装リニューアルを実施した。ランチョンマットも、ランチタイムには明るい緑と黄色を使い、ディナータイムには重めの茶色と黒にするなど、細かい演出にも工夫を凝らす。

そのプロの日本人とは、東京でインテリアデザイン事務所を経営する女社長。実は友人の母親でもあり、名をクミコさんと言う。ルワンダには別の仕事で定期的に来ていて、アジアンキッチンの内装にも、定期的にアドバイスをいただいている。内装のテクニカルなことだけではなく、経営者としての在り方をみっちりご指導いただいてきた、と言う方が近い。

クミコさんは、東京の一等地に事務所を構える会社の敏腕社長なだけあって、とても仕事に厳しく、歯に衣着せぬ物言いをする。そのダメ出しが続くと凹む気持ちにもなるのだが、指摘されている事柄は、どれもその通りで、受け入れざるを得ない。何より、経営者というのは叱ってくれる上司がいない。実はこれが、独立の一番のデメリットかもしれない。なのでクミコさんの苦言は、金言でもあるのだ。

店の内装や料理の味についてはもちろんのこと、例えば鉢植えの植物の手入れがおろそかになっているとか、この席に座った時にこの角度から見える天井のこの部分のペンキのハゲがみっともないとか、そういうところにとても厳しい。

「ほんっとに、アンタ、こんな調子でやってたら、店なんてすぐに潰れるわよ！」

クミコさんは終始そう言いながら、連日のアイドルタイム、そしてクローズ後に続くリニューアル作業に、夜中まで付き合ってくれた。

「神は細部に宿る」という言葉がある。前職時代もよく耳にしていた言葉だ。例えばプレゼンの資料で、誤植ともなればお話にならないが、フォントが一部他と違っていたりするだけでも、上司や先輩から即座に指摘が入る。ポイントがずれてなければ、別に細かいところが完璧でなくても……と思っていた。

でも、ルワンダで経営者になってみて初めて、この言葉の本当の意味がわかってきた気がする。細かいところが間違っているとか合っているとか、それ自体が問題なのではなく、経営者としての姿勢というものが、店の細部にこそ滲み出るのだ。そして、お客さんはそこをよーく見ている。

日本にいるクミコさんにメールをして、お蔭様で売上が順調なことを報告する。リニューアルの効果が、確実に出始めています！　と。でも、もうお店の経営を諦める気でいるということは、やっぱり言い出せない。

クミコさんが今の店を見たら、怒られそうだな……。そう思ったが、クミコさんには今の店を見るまでもなく、見透かされた。

「順調で何より。前に言ってたメンテナンス用の実費も経費計上した上で、その利益なのよね？」

マズい。うっかりしてた。

「すみません、漏れておりました。でもそれを含めても大丈夫なはずです」という私の返信に対し、「忘れてた？　軽く言うけど、相変わらず、どこまで経営感覚ないんだ⁉」と、メールで怒号が飛んできた。辛辣な文章は続く。

経営者として、従業員に謝れ！

出資者に謝れ！
ルワンダで頑張ると決めた自分に謝れ！
そして、誰より、ミナトに謝れ！

一字一句、そして特に最後の一文が、心に深く深く突き刺さる。私はそのまま、机に顔を突っ伏した。

クミコさんは、娘である私の友人がまだ幼い頃に離婚している。その後、東京に出てきて会社を興し、女手一つで娘を立派に育てあげた。まだ「シングルマザー」という言葉自体、今ほど聞かない時代に。

六畳一間の生活から始まり、娘を一人残して仕事に出かける日々。誕生日やクリスマスを祝う習慣もなかった。とにかく、三百六十五日、四六時中、仕事仕事、の人だったという。

そのクミコさんからの、「ミナトに謝れ」。クミコさんは、ミナトにも、「可哀そうだねぇ」なんて態度は微塵も出さず、むしろ「お母さん忙しいからさ、自分でしっかりしようね！」と会う度にミナトに言っていた。

クミコさんがルワンダに来た前回のある日のこと。夕飯を私と一緒に食べられると思っていたミナトだが、私は店に出ないといけなくなった。

涙目になるミナトを見て、クミコさんは、「そうだよねぇ、お母さんと一緒にいたいよねぇ」

ではなく、涙に気づいていないふりをして、努めて明るくこう言った。

「おばさんと餃子食べようか！　ミナト好きでしょ？　皮から作る餃子だよ！　ほら、お母さん、いってらっしゃい！　って。気をつけてね！　って」と明るく言うが、ミナトは「何でキョーツケテネって言うの？」と不満気だ。駄々をこねるほどは幼くないぞ、と見せたいものの、人前なのでおおっぴらに甘えられない苛立ちを隠し切れない。

「お母さん、そう言われると、嬉しいよ。よし頑張ろう、って思うんだよ」

　クミコさんにそう言われて、ミナトは少し考えると、キュッと唇を結んで、サッと涙を手の甲でぬぐい、「キョーツケテネ‼」と、精いっぱい元気に手を振ってくれた。

　ミナトはそれからというもの、私が店に向かう時は、「キョーツケテネ！」と声をかけてくれる。

「ミナトに謝れ！」が頭の中で、とめどなくエコーする。アンタが働くために、周りが、特にミナトが、どれだけ犠牲を払ってきたか、わかっててこの仕事なのか、バカタレが！

　そんな風に言えるのも、言ってくれるのも、クミコさんだけだ。でも、「その通りですよね！　ミナトのためにも頑張らなくっちゃ！」なんていう単純なものではない。

　実際、ミナトに謝れなくとも、毎日の日記は、ほとんどミナトへの懺悔だった。

ＳＮＳやブログでは仕事と育児に奮闘！　と前向きな発信をしていても、現実はそれだ。アフリカで起業だなんだと、なんだかすごそうなこと言って、結局そのしわ寄せが息子に行っているなんて、こんなに情けないことって、あるか。

仕事と育児は、両立するか、共倒れかというのが、シングルの厳しい宿命だ。育児が回っていないと働けないし、仕事が回っていないと、子育てもできない。両立させるしかない。が、結局その「両立」のために、いつも構ってもらいたい気質のミナトに、寂しい思いをさせてきたのは事実だ。

それでも、こうして生きていくのだという私の選択は変わらず、ジレンマの無限ループの中で、押し潰されないように、そして爆発しないように、時々ひっそりと吐き出すのが、懺悔だった。懺悔とまではいかなくても、働く母親で、ジレンマを抱えていない人なんて、きっといない。いかにも仕事を楽しんでいるワーキングマザーでも、みなそんな状況と、そんな自分と、どうにか折り合いを付けて、一日一日を暮らしているのだと思う。

今日もミナトの「キョーツケテネ！」を背中に聞きながら、車を走らせ、笑顔で店に立つ。客商売というのは、泣きたい気分だろうと、泣きながらできるものではなく、そこがいいのかもしれない。とにかく、店の今後のことはしばらく考えない。今、目の前の仕事をちゃんとやる。

私はまた走り出した。その日出会ったお客さんとの一期一会をかみしめながら、一日、また一日と日銭を追う。

「ミナトに謝れ！」でガツンと殴られた私は、一度ルワンダの湖の底まで撃沈した（ルワンダには海がない）。富士の樹海ならぬ、マウンテンゴリラの棲む山に入山しようかとも半分真面目に考えた。でも、起き上がるしかない。そうするともう、ミナトへの懺悔は、燃料だ。ブレーキにして歩みを止めるのではなく、燃料にして燃やすのだ。そして走るのだ。

再びがむしゃらに走り始め、走り続けているうちに、季節は巡り、気が付けばもうやめると決めた時から、一年近くが経とうとしていた。この間に売上も、従業員も、右肩上がりに増えていった。従業員たちの成長も、ますます加速している。

そういえば、クミコさんからは、全方位的にダメ出しばかりされてきたけど、唯一、従業員のことだけは、褒められたな。

「スタッフは、みんないい顔してるね。アンタ、もっと頑張りなさいよ」って。

やめたいという気持ちは、もうすっかり消えていた。

出産事情

２０１８年。この秋は、久しぶりに一時帰国することになりそうだ。いつものように、ミナトをルワンダに残して一人で弾丸帰国するのではなく、今回はもっと長めに、ミナトと、そしてお腹の子と一緒に。目的は出産。

父親は、スペイン人。二年ほど前に、店で出会った。客席で、牛肉のレッドカレー炒めを食べているお客さんと会話が弾み、その方の「バレ」という名前を聞いて、うーん、聞き覚えのある名前だと考えていると……あぁ、思い出した！　デリバリーサービスでも、いつもこの牛肉の炒め物を頼んでくれる人だ。

そして、「スペイン出身だったら、マリアと繋がってる？」と知人の名前を出すと、「うん、元カノだね！」と、彼は明るく答えた。

へー。牛肉のレッドカレー炒めのバレさんは、マリアの元カレなんだね！　というのが、第一印象となった。本当にキガリの外国人界隈は、世界が狭い。共通の知人を一人、二人介せば、おそらく誰とでも繋がる。

離婚してからは、もう二度と男性と深い仲になることはないだろうと本気で思っていたし、そうなりたいとも思わなかった。そんな私を見て、マリコさんが言う。

「相変わらずチサは、いい年してまぁだそんなこと言って。まずはね、市場に出ることが大事。自分が今フリーだってことをマーケットに発信しないと始まらないわよ！　え、バツイチ子持ちだからって？　今更何言ってるの、ここでは全く珍しくもなんともないんだから」

そして、知人に「私の友達で、三十歳くらいで独身の友人がいるんだけど――」と触れて回った。

さすが、ビジネスセンス抜群のマリコさんは、マーケット感覚が違う。すごいなぁ。と他人事のように思っていたが、ちょうどこの狭い世界でマリコさんのお触れがバレに届いた時期と、バレが私と店で出会った時期が重なって、彼の中でビビビッと来たようだ。デートに誘われ、そこから付き合いが始まった。

最初に誘われたのは、「マリアの家でパーティーやるから、是非来て！」というもので、一体どんなテンションで行けばいいのかと戸惑ったけど、細かいところを気にしない、陽気なバレといるのは、居心地が良かった。

子どもがいることについても、「へー、子どももいるんだね！」と、特段気にする風でもない。「へー、ガチュリロに住んでるんだね！」くらいの反応だった。ミナトに会わせるのは慎重を期して数か月待ったが、ミナトの人見知りにも関わらず、会うと二人はすぐに打ちとけた。バレが、キガリでは希少なプレイステーションを持っていたことが功を奏した。

バレは飛行機のエンジニアで、ルワンダの航空会社に派遣されている。数週間ルワンダで働き、数週間スペインに帰る、という生活をもう六年ほど続けていた。子どもをもちたいねという話は出るが、「結婚を前提にお付き合いを……」といったような関係ではない。スペインでは事実婚の制度が発達していることや、お互いバツイチで結婚自体に強い思い入れがないことも、関係しているかもしれない。

子どもは複数欲しいけれど、でも結婚はもうする気はない。それを公言する度に、「いやいや、言ってることおかしいから」と周りに言われ続けてきた私だけれど、ついに念願の第二子を授かった。

まず最初に考えたのは、どこで産むか。ほぼ迷わずに日本に決めた。ルワンダで産めば、身重や赤子連れでの長距離移動が省けるし、仕事の面でも店から離れずに済むのが利点だけれど、やはり、医療水準で不安が残る。安全第一で、日本にしよう。

というのも、２０１０年にミナトを産んだ時が難産で、出産がいかに命がけか身をもって思い知っていたので、慎重にならざるを得なかった。予定日超過九日目、促進剤投与から丸二日かかり、無事に産まれたものの、出血も一リットルに近かった。母体が小柄な割に、ミナトが三千九百九十四グラムと大きかったのもある。陣痛は個人差があると聞くが、私には完全に拷問だった。出産という場面で、それまでの人生で一番「死」を身近に感じた。四キロ＋一リットルの血液＋胎盤を一気に失った私はホルモンバランスも大きく崩れ、入院中は、毎晩なぜだか異様なまでに涙が止まらないいわゆる「マタニティブルー」という状態になった。

ボロボロの身体のまま休みなく突入した新生児のお世話も、かなり大変だった。ミナトは、二時間続けて寝てくれることがあればその日はラッキー。たいてい二十分刻みで泣いて、すぐに母乳を求める。毎朝5時に実家の母親に交代してもらって仮眠をとり、鉄剤を飲みながらなんとか乗り越えた。

日本は、妊産婦死亡率が十万人あたり四人未満と、世界で最も少ない国の一つだ。でもこれは医療がここまで発達したからであって、母子ともに健康で産むこと、産まれてくることは、決して当たり前のことではない。繰り返すが、お産は本当に命がけなのだ。WHO（世界保健機関）によると、2017年時点で、毎日八百人の女性が、妊娠と出産に伴う予防可能な原因で死亡している。毎年ではない。毎日だ。そしてその九十四%は、低・中所得国で起きているという（WHO）。低所得国であるルワンダの妊産婦死亡率はやはり、高い。二百四十八人と、日本の六十倍を超える（ユニセフ）。

妊婦検診の内容を、どこまでルワンダでやって、どこから日本でやろうかと、インターネットの情報を調べながら考える。結局、タイミングよく日本出張が入ったこともあり、だいたいの検診項目は日本でチェックできる手はずになった。出産場所として選んだ日本の病院からも、接続に問題はないと言ってもらえた。

もしルワンダでの出産を選んだなら、自分でどんな検査が必要かを調べ、病院に「これを調べて欲しい」と申し出る必要がある。母子手帳を受け取って、そこについている妊婦検診票を持って病院に行けばよい日本とは大違い。日本って至れり尽くせりなんだなぁ。

日本では、妊婦検診は十四回設けられており、それぞれに検査項目が決められている。これは世界トップクラスの多さで、費用は補助があるとは言え、それなりにかかる。でも、お産までの経過をできる限り詳しく把握してお産に臨むことで、リスクをとにかく抑える、というのは理にかなっているし、安心だ。片やルワンダでは、そのような検診スケジュールは組まれていない。

日本の母子手帳のようなものもない。

ＷＨＯは、最低でも四回の妊婦検診を推奨しているが、それすらままならない人も多い。貧困世帯ともなると、そもそも妊娠中に経過をチェックしてお産に備える、という知識さえもない人が多い（更に言えば、そもそも、避妊の正しい知識からして浸透していないことも問題である）。

特に過疎地域では、病院に行くこと自体、車を持っていない多くの人にとっては困難だ。身重でいくつもの丘を越えて、徒歩またはバイクで（ルワンダでは妊婦も、乳児をおぶった女性も、普通にバイクに乗る）病院へ行かなければならない。車でも負担になるような道だろう。重症化して初めて受診し、でももう手遅れ、という例が少なくないという。

母体死亡が多い原因は、ハード面とソフト面、つまり物の不足と知識の欠如、その両方にあると病院も認識している。例えば、産後出血については、輸血用の血液自体も不足しているし、実際の管理の仕方、処置の仕方もわからないという状況が散見されるという。助産師の資格を持つ日本人の友人が、実際に病院を回って聞いた話だ。

その友人は、日本の母子手帳配布のような仕組みをルワンダで作りたいと活動していた際、病院や貧困層の女性にインタビューを行っていた。そんな彼女は言う。

「出産にかかる費用は、約千円。レベル四という、一番貧困とされている層に認定されている人たちは、無料。でも、私がインタビューしたスラムに住む女性の多くは、かなりの貧困家庭なのに、それでもレベル三と認定されて、分娩費用を払わなくてはいけません。そんなお金、彼女たちは払えない。お金を払うまで退院は許されないけど、そうなると未払いの女性で入院棟が溢れてしまう。なのでしばらくすると、一斉に追い出されます」

そう。貧困層の女性は、たった千円の分娩費用を払うことも、ままならないのだ。やはり、父親はとっくにいなくなっているケースが多い。

また、ルワンダの出産における傾向として、帝王切開率が高い。これは、急速経膣分娩ができない医療体制なことも一因であり、また「帝王切開は安全」という思い込みから、手間が省けるという理由で安易に帝王切開が選ばれている傾向にもあるようだ。

そういえば、イボンヌも帝王切開で出産したが、その後すぐに感染症になり、なかなか仕事に復帰できなかった。トップクラスの病院なのに。実際ルワンダでは、母体死亡の原因の一つに、帝王切開後の感染症がある。これは日本ではまずないことだ。

ルワンダでは、通常二十四時間で退院となる。日本では、多くは五日前後の入院期間が設けられていて、その間に、産後の沐浴指導や母乳指導を受けることができる。ルワンダでは、そうした指導は、やはりない。

無事に生まれてきても、子育ては大変だ。ルワンダでは、母乳をあげられない母親が、新生児に牛乳を飲ませることも珍しくない。実際、私の知人も、新生児に牛乳を飲ませていた。冷蔵庫もない家で、常温保存の牛乳を飲ませるなんて……と、ギョッとしてしまったが、無理もない。粉ミルクは全て輸入品で、日本で買うよりも高い。しかも、大量に必要なのだ。そんなものを買えるルワンダ人は、一体何%だろうか。紙おむつもしかり。必需品が高いのは、大変すぎるよ……。それでもここの人はたくさん子を産み、育てる。その強さはどこから来るのだろう。

産んでも幼くして命を落とす確率が先進国よりも高く、農業社会では子が働き手として必要、という切実な理由もあるだろう。でもそれ以上に大きいのは、地域みんなで子育てをするというルワンダの伝統的価値観かもしれない。シングルマザーだらけだし、物理的な豊かさには恵まれない人も多いけれど、産まれてきた子を地域のみなで支え合って育てている。

なんだか日本と正反対だな。

一時帰国の風物詩

病院が確定し、スケジュールの見通しは立ったものの、乗り越えなければならないものがある。そう、悪阻《つわり》だ。フルーツは悪阻中でも比較的食べやすいが、ルワンダのパイナップルやマンゴーは、濃厚過ぎてダメだった。普段はとっても、甘くておいしいのだけど。

出汁やスープ、ハーブを使った料理など、味の層が複雑なものほど、においも実際の味も、オエッとくる。そしてできたての温かさが、気持ち悪さを倍増させる。というわけで、一番居るのがツラかったのが、そう、アジアンキッチンだった。

普段あれだけ味見をしてはうるさく言ってくる私が、ピタリと味見をしなくなったので、もしかしたらと気づいたスタッフもいたかもしれない。でもスタッフには、ルワンダを発つその日まで、それどころか、出産で日本へしばらく帰るということすら告げずに、日本へ出発した。

唯一、不在時に店を取り仕切るリーダーとして任命したネルソンには、出産のために数か月留守にすることは伝えた。我ながら薄情だとは思いつつ、長期間留守にすることをあまり従業員には知られたくない。それに、送り出しなどされてもなんだか気恥ずかしいし。

それにしても、久々の日本は楽しみだ。なんと言っても、日本食。ちょうど悪阻も収まりつつある。タイミングは完璧だ。

ドーハから成田への便で、機内食の副菜として出てくる小さなソバさえ、いつもミナトと「おいしいねぇ、おいしいねぇ、これだけあと十個くらい欲しいねぇ」と感激しながら食べ、この先に待ち受ける日本食祭りの序章に、二人で胸を躍らせる。

ルワンダには、ソバは売っていない。麺つゆなんてものも、ない。買えるけど品薄、買えるけど割高、なのではない。いくらお金を積んでも買えないのだ。上級者は、味噌や納豆を自家製でつくっている。私は無精なのでやらないが、アジアンキッチンで豆腐が買えるのは、我ながらかけがえのない資産だと思う。

勿体なくてなかなか食べられず、結局しけってしまった柿の種を、帰国便の中で爆食するのもまた、一時帰国の風物詩だ。あぁ幸せ。

無事に成田空港に着き、イミグレーションを通過して荷物を受け取る頃にはもうすっかり夜。現地を出発してから丸一日が経っているが、ミナトと私のテンションは上がりっぱなしだ。

まず、成田空港の照明がまぶしい。なんで日本の建物内ってこんなに明るいんだろう。ルワンダの暗さにすっかり慣れている私は、帰国の度に、日本の明るさに慣れるまで少し時間がかかる。トイレで手を洗っても、洗い流した水が全く濁っていない。空港自体もとてもキレイだし、人々もみな清潔感に溢れている。

迎えに来てくれた両親と成田エクスプレスに乗り込む。座席を回転させてボックス席にして、もう夜も遅いが、コンビニスイーツに舌鼓を打ちながら、あれやこれやと話すのが恒例だ。

両親は、会う度に大きくなるミナトを、本当に嬉しそうに眺める。いつも帰国の度に、ミナトの好物のじゃがりこやカルピスソーダを携えて、空港まで迎えに来てくれる。孫とたまにしか会えないのは、ちょっぴり申し訳ない。

昔から、兄弟が多いのもあってか、私がすることにあれやこれやと口を挟むようなことの全くない両親。会社を辞めてルワンダ行きを決めたときも、特に反対もされなかった。と言っても、事後報告だったので反対しようがなかった、というのはあるかもしれない。

一方で四国出身の祖母は、私のルワンダ行きを聞き、「今からでも遅くはないけん、会社の方に手をついて謝りんさい。そうすれば……」と私を説得してきた。いやいやおばあちゃん、何かやらかして、会社をクビになってルワンダに逃亡するわけではないんだよ、と私は苦笑した。でも、会社を辞めてルワンダへ行くなんて、とんでもないことが起きたにちがいないと思ってしまう祖母世代の気持ちも、わからないでもない。

そんな祖母はもちろんのこと、母にも内心かなり心配をかけただろう。母親には、出発当日、見送りに来てくれた成田空港で、「ねえ、本当に行くの？」と何度も聞かれたことを、今も思い出す。

そして、会う度に変わっているのはミナトだけではない。両親もまた、会う度に確実に年を重ねているのが見て取れて、少し切なくなる。

なにはともあれ、無事に日本に帰って来たなぁ。ほくほくした気持ちで、成田エクスプレスのフリーＷｉ－Ｆｉにスマホを繋げると、まずネルソンからメッセージが舞い込んだ。

「オリビエッタが、今日辞めました」

おいおい、早速かぁい！　まだ出発して二十四時間しか経ってないぞー。

オリビエッタは、創業時から働いてくれている古株のコック。最近ネルソンと時々揉めている、という話は聞いてはいたが。

ネルソン、あと半年、大丈夫かなぁ。日本に帰ってきても、初日から早速、毎日頻繁に店と連絡を取り合うことになるのだった。

四年ぶりの日本の桜

早速、ミナトを地元の公立小学校へ通わせる手続きをする。

編入はしごくスムーズで、毎日楽しそうに通っている。

学校から帰って早々、まずはガリガリ君を食べるのが日課だ。冬も近づいているというのに、元気なものだ。一方私は、年間通じて寒くても十五度程度のルワンダの気候に慣れ切っているので、11月でももう寒くて寒くてしょうがない。

ガリガリ君を嬉しそうに食べるミナトに「宿題は？」と聞くと、答えはいつも一緒。

「あぁ、宿題はね、ないよ。ボクはルワンダからの転校生だから宿題しなくていいって先生に言われた～」

後で確認したが、もちろん先生はそんなこと、言っていなかった。二年生相当の漢字も習得できていないし、大丈夫なんだろうか。これについても、「ボク、ルワンダからの転校生だから大丈夫～」と、ミナトはいたって気にしていない。算数のテストは満点だったけど、平仮名で書いた自分の名前、直されてたぞ。でもまぁ、本人が毎日楽しく通えているので良しとしよう！

普段ルワンダで暮らしていると、日本での日常生活が一大エンターテイメントだ。まず、どこにでもある自動販売機。ルワンダでは見たことがない。

ミナトはカルピスソーダなどの驚異的に美味しい飲み物が、道端でボタンを押すだけで買えることに大感激して、以来、おこづかいをひたすら自販機に注ぎ込んでいる。

近所のコンビニやスーパーに行けば、山のような種類の商品が並んでいることは、そうではない国から来たら、一大事。一人でおつかいに行けるようになって、自信も付いたようだ。ある日、ミナトに「これで今晩のお惣菜を買ってきてね。自分の食べたいもの、選んで。あ、でも、サラダとか入れてね」とお金を渡すと、得意顔でうまい棒を大量に抱えて帰って来た。そのうち半分はサラダ味だった。

買い物以外でも、いろいろなことが目新しい。「図書館行こうよ！　知ってる？　タダなんだよ⁉」とお友達を誘ったり、駅前で配っているティッシュにすら大喜びして、「ママの分ももらってきたよ！」とくれたりした。

また、飲食店に入る度、「あの自動ドア、いくらで買えるのかなぁ？」と、やたらと自動ドアの値段を知りたがる。言われてみて気づいたが、ルワンダでは、自動ドアを見たことはない。それにしても、自動ドアの構造や仕組よりも、いくらで取り付け可能なのかを知りたがるとは、内装に苦労していた母をよく見ていたんだね。

とある日は、学校から帰って来たミナトに、すごい勢いで報告された。

「ママ！　今日学校で、みんな水道の水そのまま飲んでた！　ヤバくない？」

私は思わず吹き出しながら、「ルワンダの水道水はそのまま飲んだらヤバいけど、日本の水はね、ちゃーんと浄化されてキレイだから、そのまま飲んでも、ヤバくないの。お腹痛くならないんだよ」と教える。逆カルチャーショックと言うのだろうか。毎日が発見の連続でとても楽しそうだ。私は三十歳まで日本にいたので逆カルチャーショックとまではいかないが、感覚がこの四年でかなりルワンダナイズされてきていることに、改めて気づかされる。

ある日、旧友と食事の約束に向かう。待ち合わせ時間が近づき、友人から「ごめん！　五分遅れる！」と連絡が入り、慌てる。

日本人が「五分遅れる」と言う場合、本当に五分だ。マズい。こちとら、今やっと電車に乗ったばかりで、おそらく十五分は遅れてしまうだろうか。「ただいま、この列車は三分ほど遅れて運行しております」という車内アナウンスが入り、みんな本当に刻むねぇ……！　と、すっかり感心してしまう私。営業時代、何分発の何両目に乗れば、○○駅での何分発の乗り換えに間に合う、と言うことを全て計算していた自分とはまるで別人だ。来たものに乗る。来ないなら、待つ。ルワンダでは、人々はそうやってバスに乗っている。

友人と無事落ち合い、だべり倒そうとファミレスに入る。ローストビーフのサラダを注文すると、店員さんが血相を変えて謝り出した。

「申し訳ございません！　こちらの商品、ただいまですと、通常よりも十分ほど長めにお時間をいただいておりますが、よろしいでしょうか⁉」

店員さんは、注文から二十分後に「あ、今ライス切らしてます」とお客さんに平然と言い放ったクラリセの軽く十倍は恐縮している。

「え？　あ、はい、こちらは全然大丈夫ですけど、え、注文して大丈夫ですか？　え？」と、なんだかこちらもオロオロしてしまった。料理は、すぐに運ばれてきた。

「これで普段よりも長い提供時間って、どゆこと……？」と思いながらサラダを頬張っていると、近くの席で二歳くらいの子が少し駄々をこね出したのが見えた。するとすぐに店員さんが飛んできて「他のお客さまから、お声を下げるようにとのことで……」とまた恐縮している。

「ファミリー」レストランでこう言われてしまうのは、なんとも違和感がある。そういえば、ルワンダの飲食店で、子連れで肩身が狭い思いをしたことって、一度もない。たとえミナトが退屈し出しても、店員さんや、周りの知らないお客さんが、やはり気軽に相手をしてくれる。

　もちろん、ぐずる子どもとは行けないような場所もある。でも、そういった大人だけで楽しむような場所には、ナニーさんに子どもを預けて大人だけで行ける。

　日本では、連れて行けばうるさいと言われ、かと言って預けて行けば、「そんな理由で子どもを預けるなんて……仕事で預けるならまだしも」と眉を顰《ひそ》められる。仕事で預けたら預けたで、子どもが可哀そう、なんて言われるのに。どこまで行っても肩身が狭いなぁ。ルワンダへ移り住んで忘れていた閉塞感が、よみがえる。

　二つの国を行き来していると、双方の国のいい面、悪い面がよりくっきりと浮かび上がる。

　医療水準が低いのに、女性がたくさん子どもを産む。そして産んだ子どもは地域で育てるという、伝統的価値観のあるルワンダ。一方、子育て世代は肩身が狭く、出生率の低い日本。でも高度な医療で支えられ、産前産後の医療ケアは手厚い。

結局、「誰にとっても最高な国」なんてない。住めば都と言うが、どの国にも、いいところもあれば、悪いところもある。自分にとって何が譲れなくて、何なら妥協できるか、その軸をなしにして、この国はここが悪い、あの国はここが欠けている、なんて言っていても、永遠に「都」は見つからない。幸せの青い鳥ならぬ青い国を探し続けて彷徨うよりも、何が捨てられなくて何なら捨てられるのかを自分自身に問うことでしか、幸せになれないのだ。

私の場合は、日常生活における便利さと、普段の医療水準は諦めるしかないという覚悟を持ってルワンダへ移り住んだが、こうして出産の際に里帰りできる場所がある。そしてまたルワンダへ戻り、周りに助けてもらいながら子育てをする。なんとも贅沢な立場だ。

準備万端で臨んだ出産は全て順調に行き、２０１９年1月某日、元気な女の子が誕生した。

九年間一人っ子生活を満喫した後にお兄ちゃんになったミナトは、わかりやすく嫉妬もしつつ、やはり嬉しそうだ。

三学期も終わりに近づき、ルワンダへ戻る日が迫って来た。娘はすくすくと満二か月を迎え、よく母乳を飲み、数時間まとまって寝てくれる。ミナトも、周りに助けられながら、終始ゴキゲンに学校に通ったのは、百点満点！

ルワンダ側も、大きな事件や事故もなく現地スタッフだけで回してくれている。ただし、どうやらネルソンの独壇場になっているようで、彼とそりの合わないスタッフが続々辞め始めたという話も入ってきている。戻ってすぐに事実関係を確認しなければ……！　忙しくなりそうだ。

　いよいよ、出発は、明日。スーツケースや段ボールに詰めた百二十キロを超える荷物は、既に空港へ送ってある。大荷物での長距離移動は大変だ。ましてや今回は、赤子連れ。でも、バレが休暇をとり日本に来てくれた。乗り継ぎ地点のカタールまで、一緒に行ってくれる予定だ。そこで別れ、彼はそのままアメリカへ仕事に行く。仕事の都合でルワンダまでは見送れないが、たとえ途中まででも、大人が多い方がいいだろうと、太平洋を渡れば着くアメリカまで、遠回りで行ってくれることになっていた。

　最後の晩餐に、母親が用意してくれているすき焼きの下準備が、いい匂いを漂わせている。早く食べたい！　ミナトはどこで何してるのやら。そこにバレとミナトが大騒ぎで帰って来た。右の足首が大きく腫れている。家の前で、ジャンプしまくっていたら、着地でグネッといってしまったとのこと。すき焼きもお預けに、慌てて救急へ行くと、軽微だが骨折だった。

　あっちゃ～……。百二十キロの荷物＋生後二か月女児、ここに松葉杖男児が加わるとなると……、さすがに無理だわ！　と言っているそばから、早速ミナトは片足でぴょんぴょんと危ない動きをしている。

　やってくれるなぁ～、よりによって、出発前夜に！　しなくてもいいジャンプで!!　骨折!!!

　バレは仕事上出発せざるを得ず、無駄に一人で地球を一周して、アメリカへと旅立って行った。

フライトの変更、荷物の再手配、といろいろ大変だったけれど、出発を二週間延期したおかげで、思いがけない素敵なおまけがついてきた。日本の桜を見ることができたのだ。実に四年ぶり。日本人はなぜこうも、桜を見ると感傷的になるのだろうか。久々の四季、それも日本の春。胸いっぱいに春の空気を吸い込む。

実は、ミナトはルワンダでも一度骨折している。その時は、腕だった。友達と遊んでいる時に転んで、手をつくときにグギッといった。赤く大きく膨れ上がり、病院へ行くと受付で「あぁ、骨折ですね」と言われながら、まず先払いのお金を払う。そして通された病室で「あぁ、骨折ですね。でも今レントゲン壊れてまして」と、お医者さん。いや払った料金返せ、と揉めたりした。

その後、病院を転々として、なんとかギプス装着までできた。無事治ったけれど、もうこりごりだ。

「もう絶対ルワンダで骨折らないでね！　日本で折る方がまだマシ！」と、確かにミナトに言ったのは覚えている。

ミナトは、桜の木の下で、得意満面で言った。

「ママさ、『骨折るなら日本で折って』って言ってたよね！　間に合ったね！」

食生活&ルワンダ語

食生活

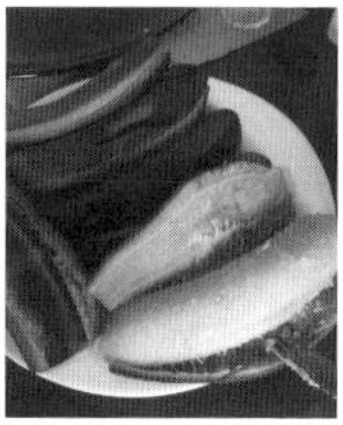

普段からよく口にする
蒸しバナナ

主食は食用バナナ、芋、米、ウガリ（キャッサバの粉をお湯で練って蒸しあげたお餅のような食べもの。煮込み料理と一緒に食べる）。タンパク質は、多くの人は豆から摂取する。
調理には薪や炭を用いる。ガスの利用はまだまだ富裕層に限られているが、政府は大衆層にも普及させようとしている。薪や炭は火起こしにも時間がかかるため、一日二食も一般的。冷蔵庫のある家庭は少ない。

現地の大衆層向けレストランは、ビュッフェ形式が多い。ただし何度もおかわりできる日本のビュッフェと異なり、一回盛り切りが多いので要注意。お肉は一つまで、などのルールもある。

アジアンキッチンでもそうだが、飲食店でビールをオーダーすると必ず「ぬるいのですか？　冷たいのですか？」と聞かれる。そんな時には「Ikonje cyane（イコンジ・チャーネ）!!」と答えよう。基本的に冷たい飲み物は体に悪いと考えられていて、麦茶を冷蔵庫から取り出して飲むミナトを見たナニーさんに心配されたことも。
ルワンダはお茶とコーヒーが名産だが、大衆層が飲むのはもっぱら紅茶。ものすごい量の砂糖を入れて飲み、それとパンだけで一回の食事とする人も多い。

ルワンダ語

こんにちは	Muraho（ムラホ）
元気ですか？	Amakuru？（アマクル）
元気です	Ni meza（ニメーザ）
ありがとう	Murakoze（ムラコゼ）
私の名前は○○です	Nitwa○○（ニートワ○○）
また明日	Ni ahejo（ナヘージョ）
はい	Yego（イエゴ）
いいえ	Oya（オヤ）
OK	Sawa（サワ）
急げ！	Vuba vuba！（ブバブバ！）
ノープロブレム！	Nta Kibazo！（ナチバーゾ！）
いくらですか？	Ni angahe？（ナンガーへ？）
お金	Amafaranga（アマファランガ）
冷たい	Ikonje（イコンジ）
とっても冷たい	Ikonje cyane cyane（イコンジ・チャーネ・チャーネ）

現地でその国の言葉を話すと喜ばれるものだが、ルワンダでは特に大喜びされ、大変盛り上がる。母音と子音の組み合わせが日本語と近いので、カタカナをそのまま読むと良い発音とほめられる。英語も、日本人のカタカナ英語の方がルワンダ人には通じやすい。

CHAPTER

5

2020年、春

新型コロナ、ルワンダ上陸

２０２０年は、とても幸先良くスタートした。インターン生のマサコちゃんが、昨年末から矢継ぎ早にWEBマーケティングを仕掛けてくれて、年始はお客様へのおみくじクーポンからスタート。1月、2月と、過去最高の売上を更新した。

3月も出だしは絶好調。通常2月と3月は、外国人が自国に帰る季節でもないし、特に日本からの観光客や出張者も多く、かき入れ時だ。

ところが。ついに、ヤツが来てしまった。新型コロナウイルスは、ルワンダにももれなく到達してしまったのである。

3月14日、土曜日。ルワンダで初の感染者が出る。

3月8日に無症状で入国したインド人だ。アジアやヨーロッパで流行し出したのを受け、もちろんルワンダでも水際対策として、空港で体温検査などチェックはしていたものの、無症状の人は簡単に入国できてしまう。ついにルワンダにも上陸……！　でもまだどことなく、人々の間には実感がない。

そんな市民を諫めるように、その日の夜、早速保健省から公式発表が出た。ルワンダでは政府からの公式発表は、ルワンダ語版と英語版が常にセットで発信される。ツイッターの公式アカウントから発信されるので、情報を追いやすい。主な内容は、翌日から、礼拝所は一時閉鎖。結婚式など、規模の大きな集会は延期。葬式は、人数を限定すること。そして学校は、週明け月曜日から、ひとまず二週間は休校とすること。

感染者が一人出て即閉校……！　いきなり二週間学校がなくなるなんて、親としては困る。パワーの有り余った九歳児をどうしたものか。でもこれは、まだまだほんの序章なのであった。

翌3月15日、日曜日。感染者は五人となる。

保健省の公式発表には、感染者の国籍および、どこの国からどこを経由してルワンダへ入ったか、などの情報が詳細に記載されている。もちろん、全員隔離済みだ。

今朝は従業員の遅刻が多い。どうやら、昨日の初の感染者を受けて、キガリの寄宿学校で学ぶ生徒を、一斉に田舎に送り返し始めたため、交通機関であるバスに大混乱が生じているようだ。店でも朝の出勤時のチェック項目を見直し、発熱はないかなどのチェックはもちろん、手洗いや消毒の徹底を改めて促す。

街中では早速、マスクが品切れになり始める。と言っても、一般市民が大挙して押し寄せているというよりは、主に外国人が買い占めに走っているような状況だった。

やはり、マスクをいち早くつけ始めたのは、アジア人だった。新型コロナがルワンダに到達する前からもマスクをしていたのは、たいてい中国人や韓国人のお客さんだ。

私も、家族と従業員の分を買いに行こうと薬局へ行くと、ちょうど中国人が全てを買い占めた後で、全く買えず。うーん、なかなか困った事態になってきたぞ。

マスクと同様に一気に売れ始めたのが、消毒液だ。こちらはなんと、数時間で価格が三倍にまで高騰した。消毒液は家でも店でも必要だ。今のを使い切る前に買っておきたい。

薬局ではすべて売り切れで、スーパーを数軒回ったところで見つけた「ハンドサニタイザー」は、そのいかにも即席で貼られたラベルをはがすと、成分は百％グリセリンと書いてある。いやいや、ただの保湿剤ですけど。悪質さもここまで大胆だと笑えてくる。

政府が即座に反応し、「価格を不当に吊り上げることは違法であり、見つけた場合は直ちに罰する」と公式声明を出した。ビジネス周りを取り仕切るルワンダ開発庁トップの女性も、ニセ消毒液については、自身のアカウントから即座に「許しませんわよ！」とツイートする。これほどまでに早いスピードで行政が動くのを見るのは、ここ五年で初めてかもしれない。

3月16日、月曜日。ヨーロッパで「ロックダウン」という言葉が使われ出している。ルワンダだって、いつそうなってもおかしくない。モエリちゃんは、残念だけど帰国した方がいいだろうな……。

モエリちゃんは、2月に来たばかりのインターン生で、4月まで滞在の予定。大学生とは思えないほどしっかりしていて、明るい笑顔で精力的に働いてくれている。

「もうこの際、コロナ落ち着くまで、ずっとルワンダにいない？」「いいですね！」なんて笑いながら話していたが、実際ずっと日本に帰れなくなっては大変だ。大学の授業もあるし、親御さんもさぞかし心配だろう。

「モエリちゃん。考えたんだけど、やっぱり状況的に、今帰った方がいいと思うんだ……。フライト、すぐに変更しよう。もう、明日とか明後日とかにでも、飛んだ方がいいと思う」

モエリちゃんは、一瞬絶句した後、すぐに「はい……！」と、いつものようにしっかりと答えながらも、ポロポロ涙をこぼした。

昨日まで毎日ミーティングをして、今後のタスクはこれ、今日やることはこれ、今困っていることはこれ、と一緒にたくさんのことを進めてきた。彼女は壁にぶつかりながらも、やっと調子がつかめてきたところだったと思う。その矢先の、緊急帰国。相当悔しいだろう。私にできることはしたいけれど、コロナの前では無力だった。モエリちゃんは涙をぬぐって、19日発のフライトに変更した。

3月17日、火曜日。緊急事態が起きた。

なんと！　私自身が「濃厚接触者リスト」に載ってしまった!!　数日前にお店に来て、隣に座って話をした方から、陽性反応が出たと連絡が来たのだ。

えぇっ……!?　じゃあ、私も感染しているかもしれないってこと!?　ということは、家族、店の従業員も感染しているかもしれないってことよね⁉　わぁーどうしよう……！

保健所指定の連絡先に電話をかけ、「濃厚接触者になったので、検査をしてもらいたい」と伝えると、待機を指示される。なんともどかしい。感染者、やっぱり増えているのだろうか。

陽性が確定したわけではないけれど、混乱の中で営業を続け、安全を保証できる自信がない。苦渋の決断だったが、念のため店を一時的に閉めることにした。

従業員がパニックを起こすといけないので、まずクラリセに冷静に状況を伝え、それをルワンダ語に訳してもらう。ミーティングという形をとるのは控え、クラリセが作ってくれたルワンダ語の文章と合わせて、メッセージアプリWhatsAppで一時休業を決めたと知らせる。

「え、ボクたち死ぬんですか⁉」と反応したスタッフを、即座にたしなめる。

「そういう不要なパニックは起こさないこと。正しい知識で対処しないと。大統領が発信した手洗い動画、もちろん見たんでしょうね？」

ルワンダでは、様々な国際機関、たとえばＪＩＣＡ青年海外協力隊の「水の防衛隊」の啓発活動もあって、手洗いの重要性は、ようやく一般市民にも浸透しつつある。

手には、目には見えないけれど、ばい菌というものが付いていて、それが病気を引き起こす。ばい菌は、石鹸と清潔な水で手洗いすることで、ほとんどやっつけることができる。日本人なら小学生でも知っていることだが、ルワンダではそもそもこうした知識が圧倒的に不足している。知識だけではない。たとえ手洗いしたくても、水道もなければ、石鹸も買えない、という人は、特に田舎へ行けば行くほど、多くなるのが実情だ。

　新型コロナの世界的流行の兆しを受け、カガメ大統領は、即座にツイッターで動画を全国民に発信した。非常にシンプルな内容で、石鹸での手洗いが、新型コロナウイルス拡散の防止に効果的なので、四十秒から六十秒かけて洗いましょう、とだけ、ゆっくり語りかけながら、自身が手を洗っている動画だ。それだけなのだが、国の超カリスマリーダーがやって見せる。その動画を、流行が本土に来る前に、リーダー本人発信で、誰にでもわかりやすい言葉で流す。単純ながら本質的な戦略だなと思った。

　さて、山のような食材を店から運び出さねばならない。よりによってこの時期に……！　ピークシーズンに合わせて、仕入れ量、仕込み量はマックスだ。

　空になった店の冷蔵庫を想像して、ちょっぴり感傷的になる。オープンから四年とちょっと、二日連続で店を閉じるのは初めてだ。なんだか、連続記録更新が途切れてしまった気分。でも、しょうがないよね。

　普段は買いたくても、お客さん優先と我慢している提携農家のイチゴや抹茶ロールケーキを、ここぞとばかりにミナトと爆食する。店を閉めるのは悲しいが、いやぁ我ながらホントにこのイチゴと抹茶ロールケーキおいしいなぁ！　味はわかるけど、やっぱり感染してるのかなぁ？

帰るか、残るか

3月18日、水曜日。事態はここから更に、そして一気に、緊迫する。ルワンダ政府が、3月20日の深夜から全ての国際便の運航を停止する、と発表したのだ。

在ルワンダ外国人コミュニティに激震が走った。

日本大使館からも、件名に【緊急】と書かれたメールが来る。フェイスブックの外国人コミュニティページは、すごい勢いで更新されていき、まさにパニック状態。

「帰国を予定されている方は、20日までにご帰国できるよう早急に航空便をご確認ください」

でももう18日の夜11時だ。猶予は、明日のみ。青年海外協力隊員全員、そしてＪＩＣＡ職員もほとんど引き上げるという。日本だけではなく、韓国などもそうした対応のようだ。在アフリカ諸国の外国人組織が、外国人に対する暴動を危惧して引き上げる、という話も聞くようになってはきていた。

この未曾有の大混乱が生じる中、母一人子二人、しかも一人は赤ちゃんで、ルワンダに留まるべきか？　帰るなら今なのか？　でも帰ったら、次いつルワンダに戻れるか……店もあるし、今飛行機乗る方が感染リスク高そうだよなぁ……もし感染したら、どのくらいひどくなるんだろう。ルワンダの医療体制的に、かかるなら、日本でかかった方がマシだよね。っていうか、私、濃厚接触者か。飛行機、乗れなくない？　ミナトだけでも一人で帰すか⁉　でもこれもいつまで離れ離れになるか、見えないもんなぁ……。よし、三人で残ろう。

エボラ出血熱が隣のコンゴ民主共和国との国境まで迫った時も、ルワンダ政府は威信をかけて国境を守っていたし、きっと今回も全力を尽くすだろう。日本大使館だって、引き揚げるわけじゃない。

3月19日、木曜日。モエリちゃんが無事に日本へと旅立ち、胸を撫で下ろす。

そろそろマズいとは思ったけど、まさかたった数日で空港が閉まるなんて。

大使館から再度メールが来る。明日のドーハ行きのカタール航空の便は、機体のサイズを大きいものに差し替えたらしいので、空席がある可能性がある、というお知らせだった。

緊急帰国を決めた友人は、荷造りもそこそこに、各航空会社の窓口に乗り込むが、そこの職員も情報を追いながら対応しているので、まさに綱渡りといった状況。外国人コミュニティページは、夜になっても更新の勢いは衰えない。みんな脱出していくなぁ……取り残されるような、少し心細いような気がした。

3月20日、金曜日。また例の陽性判定の方から連絡が来る。

もう状況の目まぐるしい変化を追うだけで精いっぱいで、自分が濃厚接触者だということを忘れかけていたが、なんと、結局陰性だったとのこと……！　いわゆる偽陽性だったらしい。

えぇ〜⁉　思わず声が出る。ここ数年で一番の拍子抜けかもしれない。家の廊下にまで積み上げられている食材を見て、一瞬へなへなと力が抜ける。でも、良かった！　そしたら私、感染していないのね！　我が子たちも、無事なのね！

私が何に安堵しているのかよくわかっていないミナトは、周りの不穏な空気を感じているのか感じていないのか、とにかく無邪気に、学校がいきなり休みになった喜びの中にいる。

それにしても、空港、閉まっちゃったんだなぁ。少ししんみりする。

3月21日、土曜日。感傷に浸ってはいられない。

濃厚接触疑惑も晴れたところで、店の再開準備をする。調味料をまた店に戻してと。シフトはどう組もうかな。再開のお知らせも出さないと。いやぁ、お客さん、だいぶ国に帰っちゃっただろうなー。改めて、手洗い、器具消毒マニュアルをみんなで確認して……あぁ、やることいっぱい！

午後8時、クラリセとちょうど明日の段取りについて確認しているさなか、また政府から通達が来た。「ツイッター見てください、新情報、出ました」とクラリセに言われて発表を見ると。オー・マイ・ゴッド！　ついに、きた。ロックダウンだ。

十項目が並び、それらは3月21日23時59分から施行と書いてある。って、あとたったの三時間後じゃないか……！

一、「不必要な外出は不可」。許されるのは、病院、食料品の買い物、銀行手続き、「エッセンシャル・サービス」（不可欠な業務）に従事する人の移動のみ、と書かれている。レストランは「エッセンシャル・サービス」にあたるのだろうか……？　ドキドキしながら読み進める。

二、電子マネーやオンラインバンキングを推奨する。

三、テレワークを推奨する。

四、国境は閉鎖する。ただし、モノの行き来は続ける。

五、都市間移動は禁止する。

六、店は閉鎖する。ただし、食料品や薬品などを扱う店は営業可。

七、バイクタクシーは禁止。ただし、デリバリーサービスを提供するのは可。

八、バーは全て閉鎖。

九、レストランおよびカフェについては、持ち帰りおよびオンライン注文のみ可能とする。

良かった……！　やっと、希望の一文を見つけた。持ち帰りだけなら、営業できるんだ！

最後に、「十、地方政府および警察当局が取り締まりを行う」と結ばれていた。

それにしても、これは厳しい……！　とにかく、家にいろってことだ。これって例えば、明日の朝キガリから田舎に帰ろうと思ってたような人は、どうなっちゃうんだろうか。今ごろ急いでバスに飛び乗っているのだろうか。カオス……！

デリバリー用なら店を営業してもいいという公式発表はありがたい。やはり店は再開する。でも、出勤中取り締まりにあったら、どうやって「エッセンシャル・サービス」従事者であることを証明するのか。そもそも、スタッフはどうやって出勤すればいいのだろう。そしてうちのナニーさんたちは来られるのだろうか。

いやはや、明日からの営業は、暮らしは、どうなっていくのだろうか……。

ここまでの怒涛の動きは、最初の感染者発覚から、実にたった一週間でのことだった。

ロックダウン開始

ロックダウン、一日目。

これまで遅刻したことのないナニーのココは、定刻から二時間ほど遅れてやって来た。遅刻には口うるさい私だけれど、今日ばかりは「良かった！　着けたんだね！」と喜ぶ。こんなさなかに来てもらうのも申し訳ないけれど、娘はまだ一歳とちょっとで、仕事をする上ではもう一人大人がいないと厳しい。

やはりバスは運行しておらず、彼女は二時間も歩き、来てくれたのだ。途中で何度も警察に止められた、とのこと。

「二時間歩く」と聞くと日本人には驚きだが、ルワンダ人は、長距離を実に普通に歩く。「すぐそこだから」と言われてついていき、結局二時間歩かされたこともあるくらいだ。また車で「車だとすぐそこだから」と言ってほぼ国境までガタガタ道を連れて行かれたこともある。「すぐそこ」の範囲が広すぎて、脱帽なのだ。

しかも、リュックサックから鉄の長い板まで、重たいものでもなんでも頭に乗せて、どこまでも歩く。日本人だったら、すぐに首を痛めてしまいそうだ。

本人は「ノープロブレム！」と言っているが、私はココと、もう一人のナニーのベニータに、引っ越し代と当面の家賃を出すので、明日にでも近所に家を借りて引っ越して欲しいとお願いした。家には、住み込みのお手伝いさん用を想定した、シャワー・トイレ付きの部屋がある。ルワンダ人富裕層や外国人の住む一軒家は、こうした部屋がついているのが普通だ。けれど、二人とも赤ちゃんを育てているので、住み込みで働くことは難しいと言う。

私は自分がエッセンシャル・サービス従事者であり、ココとベニータはそこで働くスタッフだという証明書を作った。次から、これが通行許可証になるといいのだけど。

ココに娘を預け、自分は店に向かうとしよう。ネットで情報をチェックする。

「一人でランニングしてたら、警察に止められたんだけど！」「今ランニングしなくてもいいっしょ！」「いやランニングくらいさせてくれよ！」

げげ。一人ランニングでも怒られてしまうのか。果たして店までたどり着けるだろうか。食材を積んだ車のハンドルを握り、助手席には会社の登記簿のコピーなど、飲食店経営者であることを証明できるものを揃え、いざ、出陣！

道路には、人影がほとんど見当たらない。代わりに、警官・軍人がチラホラ見える。車もほとんど走っていないし、何より、普段あれだけチョロチョロと邪魔くさいバイクタクシーが皆無なのだ。運転はしやすいが、これはこれでなんだかちょっと寂しい。

大きなラウンドアバウト（ルワンダでは交差点の代わりにラウンドアバウトがよくある）手前で、警官に止められた。

私は「マラムツェ（おはようございます）！」とまずはにこやかに挨拶をし、書類を見せる。警官は、ふーむ、とそれを見ながら、どこに行くのか聞いてくる。説明するが、厳しい表情を崩さず、なかなか通してくれない。

「あ、後ろ、見てください！　これ全部食材です」

百聞は一見にしかず。山のように積まれた食材を見た警官は即座に、「オーケー、ゴー」と追い払うような手振りをして、通してくれた。

ルワンダには、普段から道路、特に交差点やラウンドアバウト付近には警官がいて、たまにランダムに免許証のチェックなどの取り締まりに遭うことがある。

「アフリカで、警官に道で止められる」と聞くと、賄賂を要求されるのか、と想像する人も多いだろう。実際、近隣国だとよくある話だ。別に通行止めの場所でもないのに警官に止められて、通りたいなら金を払え、と通せんぼされるのだ。南アフリカに駐在していた知人は、そうした時に財布を出すと、中身を見てもっと出せと言われるので、運転する時は、現金は複数箇所に分けて携えている、と言っていた。

ところがルワンダでは、市民生活のレベルでそうした場面に出会うことはない。少なくとも、私はこの五年で一度もない。

以前、うっかり車検の更新を忘れたまま走っていた時、それが見つかってしまったことがある。「イエローカード」と呼ばれる、運転中の携行が義務付けられている車のＩＤのようなものを没収され、銀行へ行って罰金を払うように言われた。支払い後、イエローカードを引き渡す、と。

私はその時かなり急いでいたので、「本当にごめんなさい、今現金で罰金を払わせてください」と懇願したが、警官は受け取りを断固拒否。しょうがない。銀行へ行って罰金を払い、またイエローカードを受け取りに行く、というプロセスをたどった。それくらい、本当にクリーンなのだ。

無事店へとたどり着き、運んできた食材を元の場所に収める。少ないけれどもオンライン注文がぽつぽつと入る。それはありがたいが、お客さんのいない客席というのは、なんとも寂しいものだ。

今日は、普段から徒歩で通っているような、近くに住むスタッフのみを招集した。やはり全員、道で警官に止められながら来たようだ。今日は初日だけれど、明日以降は警察側の体制も整ってきて、もっと厳しくなるだろう。エッセンシャル・サービス従事者である旨の書類を発行し、サイン、スタンプをする。社員証のようなものも即席で作り、配る。これでみな、明日からも無事に来られますように。

店からの家路は、ひょんなことが功を奏した。店の隣のスーパーで買った娘の紙おむつを助手席に置いて運転していたら、質問をしてきた警官がチラリとそれを見て、「あぁ、必需品の買い物ね、よろしい」と、すんなり通してくれたのだ。これは、使える！

以来、いちいち説明するのはやめにして、常に助手席に紙おむつを一パック常備しておき、「ベイビー・ダイパー・ショッピング」とだけ答える。あまり英語が話せない、子育て中のアジア人という設定は、非常に有効だった。

それにしても、バスもバイタクも禁止なので、中長距離の移動は車を持っている人にしかできなくなってしまった。アジアンキッチンのスタッフは、誰一人車なんて持っていない。大半のルワンダ人がそうだ。クラリセなど、普段からバスで通っているスタッフたちが出勤できるのは、いつになるのだろう……。

通勤は冒険

今朝は、店の鍵を預けているラシードから焦った声で電話がかかってきた。

「マダム！　店に向かう途中でポリスに止められて、レターを見せても、いくら説明しても通してもらえません。セルジュに電話したけど、出ません。今からポリスに連れて行かれます――」

「え、連れて行かれる？　ちょ、大丈夫なの？　セルジュには――」

電話はそこで途切れた。慌てて折り返しをかけるが、やたらと明るい声の「ただいま電話に出ることができません！」というルワンダ語音声が流れる。

「……終わった……！」

と、思ったが、幸いラシードは午前中のうちに解放された。お説教だけで済んだようだ。

店の方も、もう一つの鍵を持つセルジュとやり取りをして、一時間の遅れのみで開けることができた。ふぅ。スリリングすぎる。

ラシードは、去年からアシスタントシェフとして頑張ってくれている。最初は皿洗いから始め、何度も昇給を要求してきた。「じゃあできること増やさないと無理だよ！」と、その度に私に突っぱねられてきたけれど、彼は必死に食らいついて、スキルを磨いてきた。彼は非常に勤怠が安定していて、これまで無断欠勤はもちろんのこと、欠勤自体が五年目になる今までほぼない。遅刻もほとんどしない。大雨で家の壁が崩壊して来られなくなったことはあるが、それ以外での欠勤は、覚えている限りは、ない。

日本では当たり前かもしれないけれど、すごいことだと思う。ハプニングばかりの日常生活で、毎日定刻に来るって、簡単じゃないから。朝の仕込みを頑張っている彼に鍵を託し、店を開けてもらうようになったのだけど、人選は間違っていなかったな。

　それからも、スタッフたちの毎朝の冒険は続いた。警官によってはどうしても通してもらえないこともあるようで、そんな時は迂回するしかなかった。場合によっては、迂回に迂回を重ね、徒歩二十分の道のりを、二時間かけてやっとたどり着けるような日もあった。掃除係がたどり着けなかったら、他のスタッフが手分けして皿洗いや掃除をする。キッチンに人が足りなければ、ホールスタッフが野菜を切ったり、仕込みを手伝う。創業当初から、自分の持ち場以外のことも、手が空いている時は手伝うようにと口うるさく言い続けてきたが、いざという時にしっかり実行してくれるなんて、とっても頼もしいじゃないか。

　スタッフたちは、簡単に店にたどり着けないような状況について、文句一つ言わない。むしろラシードやセルジュは、近所に住んでて良かった～！　俺たちラッキー組！　といった感じだ。

　普段から、警察や軍部は絶対だ、ということが染みついているからだろう。時として、国全体が、右向け右！　と一糸乱れぬ動きをする、巨大な軍隊のようにも見える。国民の絶大な支持を誇るカガメ大統領が軍隊出身なので、自然と言えば自然なのかもしれない。

　警察に従わない人はほとんどいないし、従業員たちの方がよくよくわかっていることだけど、私からも再度、道を通れなくても無理はしないように、と念を押す。

　ある日の午後。店にいると、いかにも上級ポジションといったような、軍服姿のオフィサーがカツン、カツンとこれまた立派な軍用ブーツの靴音を鳴らして入って来た。

　私は反射的にうわっ！　と思い、ここは私が対応する！　とスタッフを制しつつ、ライセンスはあそこにあるし、あとはなんだろう——と頭をフル回転させる。別に悪いことはしていないが、ルールを守って営業しているエッセンシャル・サービスであるということを証明せねば……！

「グッド・アフタヌーン、サー。ハワユー？」なるべくにこやかに、と思いつつも、ややぎこちなくなる。

「アイム・ファイン。……」

　……やだな、この沈黙。と思っていると、オフィサーはおもむろに口を開いた。メニューを手に取っている。

「えっと、なんだっけ？　あのチキンの辛いやつ」

「はい？　チキンですか？　あっはい、こちらの、鶏肉のグリーンカレー炒めでしょうか？」と、意表をつかれつつも、すかさず答える。まさかのリピーター様だったとは……！

「あぁこれこれ！　二つ包んで！」と笑顔で答えるオフィサーにすっかり安心した私は、せっかくなので牛肉のレッドカレー炒めもおススメした。オフィサーは、お料理を三点ゴキゲンにお持ち帰りされた。ふぅ、ドキドキしたぁ。軍服って、なんであんなに迫力あるんだろう。

　夜に大通りを歩いていると、ガサガサっと並木の後ろから、大きな銃を抱えた軍服の兵隊が出て来ることがある。もう五年も住んでいると、キガリの治安保持に感謝を込めて敬礼でもしたくなるところだけど、慣れるまでは、毎度かなりギョッとした。

街は日に日に静けさを増していく。普段から溢れている鳥のさえずりが、より一層大きく聞こえる。それはとても癒されるのだが、人々の話す声や車の音が聞こえてこないのは、ちょっと不気味ですらある。

ロックダウンが始まり、二週間以上が経った。コロナの禍中であろうと、今年もその日は来る。4月7日。ルワンダ大虐殺が始まった日から、今日で二十六年だ。

ロックダウンで出歩くことが減り、「Kwibuka 26」の横断幕を見る機会も減ってしまった。二十五年間続いてきた追悼ウォークも、今年はやはり中止。毎年スタジアムで大々的に行われてきた式典も、ごく少数の首脳陣に限定して開催された。

今、ポスト・ジェノサイド世代、つまり虐殺の後に生まれてきたルワンダ人たちは、全体の六割をも占めると言われる。二十六歳以下が六割。ちなみに日本は、二十六歳以下の人は、全人口の四人に一人もいない。こう比べると、いかにルワンダが、若いパワーに満ち溢れているかがわかるだろう。でもそうなると、風化の速度もやはり速いのだろうか……。年々「喪中」感が薄れていくような気がする。実際、期間中の飲食店の営業ルールは、年々緩くなっている。それとも、私が慣れてきてしまっただけだろうか。

通年、メモリアルウィーク中は売り上げが落ちるが、今年は新型コロナでその比ではなく、ロックダウン直後から売り上げが減ってしまっている。これは厳しい日が続くぞ——。なにせ、お客さんの七割を占める外国人の大半が、自国に帰ってしまったのだ。しかも、イートイン営業ができない中、オンラインデリバリーがメインとなるが、デリバリー会社に二十％もの手数料を引かれ、利益は薄くなる。

店のストックルームに収まりきらず、自宅の空きスペースに積み上げられている米麺の段ボールを見ながら、ため息をつく。発注当時、こんなパンデミックが起こるとはもちろん知る由もなく、張り切ってこれまでで一番多い量を発注したものが、ロックダウン直前に届いたのだ。ま、最悪の場合でも、これで文字通り、食ってはいけるね！　ハハハ。

実際、国内では物流が滞ったばかりに、廃棄せざるを得ない農作物が各地で出始めている。片や、食料が買えず困窮する人も出始めている。状況がじりじりと悪くなってきている。

唯一娘だけは、新型コロナがルワンダに来る前と後で、生活は何も変わらない。毎日毎日、家の中や庭でナニーさんや飼い犬と遊んでいる。むしろ、ママとお兄ちゃんが、なぜだか毎日家にいるようになり、嬉しそう。

一方ミナトも、自宅の門から外へ、もう丸一か月以上出ていないというのに、毎日けっこう楽しそうだ。庭があってそれなりに身体を動かせるのと、有り余るパワーで叫びまくっても、走り回っても、日本の集合住宅のように苦情が来たりしない。

なにより、毎晩母親が家にいるようになったことが、かなり嬉しいみたい。確かに、こんなことはお店を始めてからというもの、初めてのことだ。ナニーさんも夕方には家路につかねばならず、夜に店に出るのはやめることにしたのだ。

新型コロナでこんなことになっちゃったけど、悪いことだけではないよね。せっかくだから、子どもたちとの三人の蜜月を、楽しもうっと。

新型コロナ vs マラリア

3月21日に発令されたロックダウンは繰り返し延長され、5月になっても、まだ全面的に外出禁止だ。

同じような月齢の赤ちゃんがいるマリコさんから、「チサ、赤ちゃんの予防接種どうした？」と電話がかかってきて、娘の麻しん（はしか）の予防接種の二回目を受ける時期であることを思い出した。新型コロナ騒動で、そんなことすっかり忘れていたぞ。

娘はルワンダでも何度か予防接種を受けているが、日本とはだいぶ勝手が違う。自分で情報収集の上、打ちたい種類を指定。接種後、看護師が母子手帳にロットナンバーが記載されたシールを貼ってくれるようなこともない。打った後、ワクチンが入っていた容器をそのままゴミ箱にポイ、と捨てようとしているのを「待って！」と慌てて制して、ラベルをスマホで写真に収める。なかなか大変だ。

今回の麻しんについても改めて調べる。娘は一回目の接種を問題なく終えているし、ましてや、人が密集した場所に行くこともこの状況ではまずない。これらの諸々を鑑み、今すぐ急いで受ける必要はないだろう、と結論付けた。

今回調べて知ったが、２０１８年には麻しんで十四万人が命を落としている。そのうちの九十五％がアフリカとアジアで占められ、それらはやはり貧困国だ。新型コロナが世界で猛威を振るっているけれど、ここでのリスクはそれだけじゃないんだよなぁ、と改めて思う。むしろ、医療体制が逼迫して、アフリカ諸国にはまだ蔓延している病気などの治療が受けられなくなることの方が、現実的に恐怖感がある。言ってしまうと、アフリカでは、少なくともルワンダでは、世界を震撼させている新型コロナも、いろいろある恐ろしい伝染病のうちの、一つでしかないのだ。

その代表的なものが、マラリアだ。例えば隣国コンゴ民主共和国では、ここ数年繰り返し、エボラ出血熱の流行とその収束が宣言されてきた。「出血熱」というその名前からも、とても恐ろしいイメージを抱く人も多いのではないだろうか。でも実は、そのエボラによる死者数よりも、マラリアによる死者数の方が、ずっと多い。マラリアは、現代の日本では旅行者が持ち帰る以外の感染例はほぼないが、ここサブサハラ地域では依然として猛威を振るっている。

ＷＨＯによると、２０１９年には、推定で二億二千九百万人がマラリアに罹患し、うち四十万九千人が死亡。また、世界中の罹患者および死者数の九十四％は、アフリカ大陸だ。

ＷＨＯはアフリカで新型コロナの感染者が増えると、その影響でマラリアによる死者が倍増すると警鐘を鳴らしている。

医療体制が逼迫するリスクについては世界中で恐れられているが、そもそもルワンダの医療体制は、日本から来た私としては平素から劣悪と言わざるを得ない。国内随一の大病院へ行っても、採血の際、腕を縛るために使うバンドはゴム手袋をつなげて代用するし、喉を診る際に使うライトは、医師のスマホの懐中電灯機能だ。日本では病床数がどうなっているかしきりに報道されているが、おそらくルワンダでは、十分な医療機器も備えた上での病床数など、本当にごくわずかだろう。

ルワンダへ移り住む際、直感で行こうと決めつつも、現実的なメリットとデメリットは日本と比較して考えた。その際、自分の中ではっきりと覚悟を持って諦めたのが、医療水準だった。普段アクセスできる医療のレベルが、日本と全く違うこと。本当に本当の最悪の場合には、日本なら助かっていたのに……という事態も、起こり得るということ。

とると決めたリスクにはそれなりの対策が必要だが、まず一つは、とにかく交通事故に気を付けること。緊急搬送という、膨大な費用がかかるものをカバーしている保険に必ず加入すること。例えばとある日本の国際機関では、盲腸になった人を、ルワンダでの手術を回避して、南アフリカに搬送するという判断をしている（もちろん時と場合によって判断は異なる）。そして、普段から自分の体調には相当に気を遣うこと。発熱などの症状があれば、おろそかにせず、検査を怠らないこと。ルールを決めて、日々心掛ければ、あとは運を天に任せるしかない。

　と、自分に言い聞かせるが、コロナ流行下でやはり緊張感は高まる。新型コロナにかかったらどうしようという不安もないわけではないが、それよりも、緊急搬送の対応が、平常時のようにはいかなくなるかもしれないという状態が、かなりプレッシャーだ。いつも以上に、事故や病気には気を付けないといけない。

　家で体力を持て余しているミナトは、ベランダの柵の反対側に回って遊んだりして、何度言っても聞かないが、致命的な怪我だけは、今は本当にしないで欲しい。

　しかしまた幼児の突発的な発熱も、コロナ禍だろうと防ぎようがない。ある日、娘が高熱を出した。

　遊んでいるし食欲もあるので少し様子を見ていたが、二日目に四十度を超え、さすがに受診することにした。血液検査は免れない。というか、血液検査が受診の目的のようなものだ。とにかく、マラリアではないという確証はとらなくては。

　一歳児の細い血管から血液を採取するのは、容易なことではない。最初に刺したところから採ることができず、結局三人がかりで押さえつけて、泣き叫ぶ娘の足から採取した。ここが一番、アフリカに住むと決めたことを子に申し訳なく思う瞬間だ。それでも、先払いの受診料、血液検査料を払えること、万が一マラリアだった場合に治療を受ける準備があることは、幸せなことなのだけれど。検査の結果、娘は幸いマラリアではなく、ひとまずホッとする。

普段から、部屋に散布する防虫スプレーを毎日使っているし、寝る時は必ず蚊帳を使う。外出する際には常にバッグに虫よけスプレーを入れている。網戸のほつれなど見つけたら、すぐに直す。真夜中にブーンという蚊の羽音を聞けば、殺すまで眠れない。無事殺しても、安心はできない。潰れた蚊から血が滲もうものなら、「ムムッ、既に……！　遅かったか……！」という気持ちになる。これほどまでに、普段から蚊に神経を遣いながら暮らしているのだ。

マラリアも普段から脅威だし、医療体制も十分ではないので、感染者が一人出てから一週間で、学校が閉まり、空港が閉まり、陸路の国境も閉まり、厳格な外出禁止令がしかれたのも、理にかなってはいる。

4月30日時点、累計感染者数は二百四十三名、本日の新規感染者は十八名、本日の検査数は千百四十。死者数は今のところ、ゼロ。ヨーロッパに比べて初動は上手くいっているように見える。アフリカ大陸に到達するまでに、アジアやヨーロッパを見ながら、戦略を練る時間があったことも、不幸中の幸いだ。また、ルワンダは独裁国家とも揶揄されるほど大統領が強いリーダーシップを発揮しており、鶴の一声で物事を決めやすいという面も、封じ込めの初動においては、プラスに作用しただろう。

来月は、外出禁止は緩和されるだろうか。お客さんがお店で食事をする許可は、出るだろうか。

都市間交通、バイクタクシーは、再開が許可されるだろうか。そしてミナトの学校の再開やいかに……。いろいろと気を揉むが、とにもかくにも、安全第一。手洗いやソーシャル・ディスタンスはもちろんのこと、マラリアとの闘いにも、一層気を引き締めねば。寝相が悪くて蚊帳からはみ出ているミナトに、そっと蚊帳をかけ直した。

この国の底力

やっと、来た！　とうとう5月4日より、朝5時から夜の8時までは、許可証なしで外出しても良いというお達しが出た。実に六週間ぶりに、昼間は自由に外に出られる！

そしてついに、レストランのイートインも19時閉店を条件に、再開してもいいとのこと！

一方で、バイクタクシーの再開は、見送りとなった。県をまたぐ移動についても、引き続き、公共交通機関であれ、私用車であれ、禁止。これには、アントニオも相当がっかりだろう。

アントニオは、家に住み込みで働く門番で、門の開け閉め以外にも、庭の手入れやおつかいなど、いろいろと助けてくれる。キガリから三十キロほど離れた町の出身で、そこに一歳の息子を含む家族を残し、キガリに出稼ぎに来ているのだ。

先週のとある早朝、アントニオが今から家に帰らせてくれと申し入れてきた。昨夜の大雨で、家の壁が崩れたという知らせが入り、居ても立っても居られない、というのだ。

「それは大変……！　でも、まずは落ち着いて。まだキガリと地方の移動は許可されてないし、バスも走ってないから……」

「アイ、ウォーク。エイト・アワーズ。ノープロブレム……！」

　そちらが落ち着いて、とでも言わんばかりに、アントニオは落ち着き払って答えた。だけどそもそも、まだ外出禁止だ。山道を八時間歩くことが体力的に問題ないとしても、歩く時間が長ければ長いほど、警察に止められる回数も多くなる。逮捕でもされたりしたら、大変だ。とりあえず、今はモバイルマネーも使えるようになったことだし、私も援助するので、遠隔でお金を送ろう、ということで落ち着いた。

　ルワンダでは、特に都市部の大衆層の間では、現金決済が主流だ。銀行口座がない人も多いので、当然クレジットカードなど作れない。そこに近年登場したのが、「モバイルマネー」。携帯電話の番号が口座のようなものになり、送金や受け取りができるのだ。

　ケニアなどではかなりの勢いで広がっていたが、ルワンダでは浸透にまだ時間がかかりそうだ。数％の送金手数料は、大衆層には重い。実際私も、モバイルマネーでの決済を求められたことは数回しかなく、しかもそれらは全て詐欺行為だった。

　そんなちょっと笑ってしまうようなモバイルマネー事情だったが、新型コロナがルワンダに上陸して、状況はガラリと変わった。現金の受け渡しを少しでも減らそうと、政府が手数料の一時撤廃を決めたのだ。

最近利用者が急増していて、私もこれを機に口座を作ったが、実際かなり便利である。これまでのような、遠方の家族に仕送りをしたくても、銀行口座もないし、現金輸送を誰かに頼むのもリスクが高いし、でもモバイルマネーで手数料をとられるのも惜しいし、という状況は一変した。今回のアントニオのように、救われる場面がグッと増えただろう。テクノロジーが、大衆層の普段の暮らしをガラリと変える。そのインパクトの大きさを間近で感じた瞬間だ。

お金は無事に送金できたが、それでもやはり心配だろう。先月から、全国各地で大規模な水害が続いており、土砂崩れによって道路が分断されたり、人が亡くなったりしている。新型コロナによる死者は未だゼロだが、この水害で五十人以上が亡くなっている。自然は、容赦ない。

アントニオは家族との再会を心待ちにしていたが、都市間移動の再開が延期され、さぞや憤っているだろう。でも彼は、「再開、延期されたね……」という私の言葉に対して、しょうがないよね、という笑顔を浮かべながら「アイ、ウェイト」と静かに答えただけだった。

アントニオはじめ、ルワンダ国民は、じっと耐えている。でも心の中では嘆きや悲しみ、憤りはきっとあるはずだ。実際、「この六週間のロックダウンで、収入と消費がほぼ百%なくなる人は国民の六十%にのぼる」というショッキングな政府のレポートも目にした。日銭を完全に失ってしまう人が、国民の過半数という、とんでもない事態になっているのだ。飲食業は、エッセンシャル・サービスと認められているだけ、まだマシな方だ。

日本は4月に緊急事態宣言が出て、SNSを見れば、動揺、怒り、嘆きの声で埋め尽くされている。飲食店オーナーの悲痛な叫び、子を保育園に預けられずに途方に暮れる働く親、閉塞感を抱え反発を上げる声。買い占めも起きているらしい。

片やルワンダでは、そうした声が、少なくとも表面上はほとんど上がってこない。外出できなくてストレスが溜まる、という話ではなく、外に出られず、自分と家族が今日食べるものを買うお金を稼ぐことができなくなったのだ。「自粛」ではなく、「禁止」である。違反すれば捕まる。

みな、どうやって暮らしているのだろうか。貧困グループには食料を配ると政府は発表しているし、支援に動いている有志の人々も出てきている。でもそれも、限界があるだろう。民衆の憤りが見えない方が不思議ってものだ。政府の力が強いから、は確かにそうだろう。でも、それだけだろうか。

5月4日。朝から、昨日までは鳥のさえずりだけだったのに、今日は車の音がやたらと聞こえる。そうだ。外出禁止が、夜間だけになったんだ！　久々に、離れた地域に住むイノセントや、クラリセなども出勤することができた。嬉しく思う反面、これから伝えねばならないことを考えると、気が重い。

まず、日中の外出が禁止されていたこの六週間、厳しい監視の目をかいくぐって出勤し、限られた人員で回してくれたスタッフへの感謝を告げる。それと同時に、この六週間、自宅待機してもらわざるを得なかったスタッフの我慢への感謝も伝える。

続いて、現状を説明する。日中の外出禁止は解かれたが、見ての通りお客さんが減っていること。しかも、短縮された時間での営業になること。シフト、つまり労働時間が減ることに伴い、給料の額面も減るということ。これらに合意の上サインして欲しいと書類を渡す。喜んで、ではもちろんないが、みな黙々とサインをする。なにせこの状況だ、働く時間が減って、その分給料が減るだけならまだマシな方だ、と理解してくれているようだった。

イノセントにも書類を渡す。六週間の自宅待機では、休業補償は少しばかり出したものの、家賃を払えていないことは知っている。不満を抱えていて当然だ。手渡しながら、でもずっとこんなに少ないシフトじゃないと思う、日中の外出できる時間帯が後ろに延びれば延びるほど、シフトだって増やせるし、国境が開けば、また戻って来るお客さんだっているはずだ、などとだんだん饒舌になる私を、イノセントは制するように口を開いた。

「アイ、シンク――」

やっぱりきたか――どんな切り返しをしようか、ちょっと身構える私に、イノセントが続けた言葉は、こうだった。

「アイ・シンク、エブリシング・ウィル・ビー・オーライ」

私はなるべくいつもの通り、事務的にこなそうと思ってそうしているつもりだったが、だいぶ思い詰めていた表情になっていたのだろうか。不覚にもこちらが励まされてしまった。

今日久々に顔を見ることのできたスタッフもいた一方、田舎に帰ってしまったスタッフもいた。

ピーターという掃除係のスタッフは、仕事が減ってキガリで暮らすことがどうにもできなくなり、警察の目をかいくぐって、田舎へ引き上げたのだ。親と、畑を耕して過ごしているという。そうすれば、食べてはいける。

ピーターに、いくらかお金を送ろう。でも、今さっき従業員には、ないものは払えない、ある売上から、分け合うしかない、という話をしたばかりだ。帰って来るかもわからないスタッフに分けることは、反発も出るかもしれないと少し思ったが、私の勘違いだった。

送金手続きを私から指示されたジョゼフというスタッフの返事は、「わかりました」の代わりに「サンキュー・ソー・マッチ」だった。

コロナ禍でもまだルワンダに留まっていると言うと、「え、大丈夫なの？」という反応が多い。「あんなことのあった国だから」という思いが頭をよぎるのだろう。でも、「あの94年から、自分たちはここまで来たのだ」というある種の誇り。そして、「あの頃には絶対に戻りたくない、戻らないのだ」という固い決意。これらの強い国民感情が一人一人の根底にあり、ルワンダを国として結束させているように感じる。苦境に立たされた人たちの結束は、強い。ごくごく当たり前に、助け合う。自分の少ない取り分を更に削って、隣の人に差し出す。

外国人に牙を向けることも、ない。「アジアン・キッチン」の看板を掲げる我々に、差別的な言葉をかけられたことは、一度たりともない。

虐殺孤児になり、過酷な路上生活を生き抜いてきたイノセントの、「きっと、ぜんぶ、大丈夫」。その言葉に、この国の底力を見た気がした。

さて、今日からお客さんは来るのだろうか。でもなぁ、イートイン解禁になったからって、以前のようにルンルンで食事に来るお客さんも、少ないだろうなぁ。そう思っていると、常連さんが早速来てくれた……！

お互い、「どうしてた⁉　この六週間！　元気そうで何より！」と声を掛け合う。

ブラッドリーさんというそのお客さんは、テーブルにつきながら、「いつもの」と合図を出す。いつも、チキン入りパッタイと、タイミルクティーをアイスで。多い時は週に四回ほどになるが、注文は変わることはない。オンラインでも同じだった。今日はそれに加えて、嬉しそうにカードを差し出した。

それは、デリバリーを高頻度で利用してくれたお客さんに入れた特別クーポンで、「イートインが再開されたら、お食事を半額にします！」というもの。いつ使えるかわからないクーポンもらっても、あんまり嬉しくないかなぁ〜……とも思いながら入れたそのクーポンを携えて、ブラッドリーさんは再開初日に来てくれたのだ。なんて嬉しい！　と、スタッフと喜ぶ。六週間、顔の見えない接客で味わった寂しさも、一気に吹き飛んだ。

明日は、どうなるだろうか。来週は、どうなるだろうか。来月は、どうなるだろうか。

新型コロナが来てからは、そんな風に考えることばかりだったけれど、今日は久しぶりに、ただ満たされた気持ちで眠りについた。

越えられない国境

四季のないルワンダだが、夏は夏休みがあり、ホリデイはやはり季節感をぐっと出す。けれども今年はちっとも夏らしくない。

ミナトは3月半ばから、ずっと家にいる。5月に、学校の再開は早くとも9月というお達しが出て、それからずっと自宅学習なのだ。学校からは「子どもたちは今、深い喪失感の中にいます。大きなハグをしてあげましょう」とメールが来た。

「よっしゃぁぁぁ……!」とガッツポーズするミナトの横で、「……ハグが必要なのは私です……」と白目の母。

ミナトの学校は、3月14日の閉校の決定から一週間して、すぐにオンライン授業に切り替わった。日本のように、インターネットの接続環境が快適ではないので、双方向授業でも先生の回線が落ちたり、こちらの回線が落ちたり、一筋縄ではいかない。

また、全てがオンラインで、タブレットを通じて学習するため、隣についていないとミナトはすぐにゲームやユーチューブに興じてしまう。それに店に行って不在にしていると、「あ～、この授業の時、ネット接続が悪くて～」と授業をさぼるケースが頻発するなど、問題はいろいろある。けれど、本人にさえやる気があり、自律的に取り組めば、学習が進められる環境にあることは確かだ。

でも、こうしたオンラインでの授業が進められている学校など、ほんの一握りだろう。田舎に行けば、学校が読み書き習得の唯一のチャンスだという子どもたちも、大勢いる。普段から、勉強なんかより、働け！　という家庭もまだまだ多い。こうも閉校が長引くと、人生が変わってしまう子どもたちも多く出てくるはずだ。

医療体制のことも、経済のことも、心配は尽きないが、この国の未来を支える子どもの学習問題は、切実だと思う。インパクトは、後にならないと見えてこない。

それに、ホリデイと言えば、この国を支える観光業も賑わう時期だ。でもやはり、例年とは比べ物にならない。国際便の運航は8月にやっとこさ再開したものの、現場は大混乱だ。

ルワンダ政府は、ルワンダに入国する際に、出発から七十二時間以内に受けたＰＣＲ検査の陰性証明がないと入国を認めないというルールを作った。この時間制限が厄介で、フライトが変更になって受け直しが必要になったり、最悪の場合は経由地で行き詰まってしまう人なども出てきている。

海外からようやくルワンダにたどり着けても、空港から指定ホテルへ直行し、隔離となる。そこでも再度ＰＣＲ検査を受ける必要があるのだ。そこで陰性が出れば、晴れて自由の身となる。また、観光なり用事なりを終えてまた自国に帰る際にも、同様に出発から七十二時間前以内と定められた間に受けたＰＣＲ検査の陰性証明がないと、飛行機には乗れない。ややこしすぎる。

それでも、例えば家族と離れ離れになってしまっていたような人は、この冒険の旅に挑む。バレもその一人だ。実の娘がルワンダにいるというのに、国際便が再開するまで、ルワンダに戻れなかった。入国できるのは、国籍や有効なビザを有する人のみと、ルワンダ政府は例外なく限定していた。ルワンダにコロナが到達する直前に、それまで六年間持ち続けていたバレのビザは失効しており、こんなことになるとは露知らず、３月頭にルワンダを出たきり、８月まで戻れなかったのだ。

８月頭の土曜日に、今の勤務地のカナダの空港でルワンダへ向けてチェックインするも、混乱の中「ＰＣＲ検査の不備」と搭乗券を出してもらえなかった。その後やっと乗れたと思ったら経由地の悪天候で二泊足止めなど不運が続き、なんとかルワンダにたどり着いて隔離を終え家族と再会できたのは、金曜日のことだった。片道一週間……！

テクノロジーで国と国との距離がここまで縮まった昨今、国をまたぐ移動がここまで大変になってしまうなんて、誰が予想しただろう。

ルワンダで予定されていた国際会議も次々とキャンセルとなり、国の観光業は壊滅的だ。中でも目玉だったのが、英連邦首脳会談。東京でオリンピックが待ち望まれていたように、ルワンダでも一大イベントになる予定だったが、やはりこちらも延期となった。

ある現地メディアによると、英連邦首脳会談では、実に七億ドルもの収入が見込まれていたと言う。なんと……七億ドル、飛んだ……！　空港とキガリが誇るコンベンションセンターを結ぶ幹線道路では、せっせと植えられていた道路沿いの花が、今まさに美しく咲き誇っているのが、アジアンキッチンの客席からも見える。きれいだけど、悲しい。

こうした国際会議に関連して、ホテルやレストランなどのホスピタリティ部門も近年成長著しかったが、このコロナで根こそぎやられてしまいそうだ。

いっそのこと、隣国タンザニアのように、「新型コロナに対する勝利宣言」でもして、検査フリーで観光客を受け入れれば良いのだろうか。タンザニア政府は、5月から、新規感染者を数えることすらやめている。大統領によると、全国民で、神に三日間のお祈りを捧げたので、新型コロナウイルスに打ち勝った、とのことだ。写真を見れば、密集する人々は、本当に誰もマスクをしていない。でも、ルワンダで見つかる感染者の多くは、タンザニアを含む国境から陸路で入って来る、トラックドライバーだ。同じアフリカ、しかも隣同士の国で、ここまで違うのだ。実にリーダー次第。

ルワンダと北で国境を接するウガンダも、なかなかの状況だ。7月の時点で、新型コロナウイルスによる死者数を、コロナ禍での規制を守っていないとして処刑された人数が上回っているという。

　ロックダウン時には、銀行や薬局、スーパーや工場などは、営業してもいいが、スタッフは近所または敷地内に野営をして十四日間は出ないこと、というルールが敷かれていた。ウガンダの大統領もまた軍部出身なので、野営はお手の物かもしれないが、一般人が勤め先近辺で十四日間隔離キャンプ生活をするのは、なかなか厳しいだろう。

　また、政府は貧困層に食料配布を予定しているが、「これにかこつけて食料を配って人を集める政治家は、感染をほう助したとして、殺人未遂で逮捕！」などというお触れまで出ていた。野党対策と思われるが、新型ウイルスに乗じて、さらに強権化し治安が乱れている様子が伝わってくる。

　南のブルンジでは大統領が亡くなり、心臓発作とも新型コロナとも言われ、真偽のほどはわからない。

　そう考えると、かなりまっとうと言えるルワンダの状況だが、8月に入り感染者は、増加傾向にある。やはり空港が開いたからだろうか？　入国条件はあんなに厳しいというのに。でももう国境が閉じられるのは二度とごめんだ。感染が広がらないよう、ただただ祈る。

門限までに、突っ走れ！

民衆の祈りもむなしく、感染拡大は止まらない。一日の新規感染者が二百人を超えたところで（ちなみにルワンダの人口は、日本の人口の約十分の一）、外出禁止が21時以降となっていたものが、また19時以降に繰り上がってしまった。19時以降出歩けないということは、締め作業、そして帰宅にかかる時間を逆算して、どんなに遅くとも注文受付は18時で締め切らないといけない。これはディナーに大打撃……！

そして、もう一つ大きな問題は、門限までの帰宅。全面外出禁止のロックダウンの時期に、店にたどり着けるかどうかが冒険だったように、今度は、家に無事たどり着けるかどうかが冒険になっていた。スタッフたちはみな、最後の注文を作り終えると怒涛の締め作業に入り、そのまま自宅まで走って帰る。全速力で、ショートカットを探しながらひたすら走るのだ。

警官に止められれば、体調がすこぶる悪くどうしても病院に行きたいとか、ひどい下痢でトイレから出られませんでしたとか、ありとあらゆる手段を使って許しを請う。

それでもやはり、捕まってしまうことはある。その日は混みあい、ラストオーダーが過ぎた後にも、お客さんが来店。どうしてもとのことで、早くできる料理をおススメし、お出しする。ラストオーダー間際のデリバリー注文もあって、スタッフは一人外出していた。残された人員で、急ピッチで閉め作業を進める。ギリギリ行けそうにも見えたが、運が悪かった。セルジュはその日、捕まって、もはやスポーツ場ではなく違反者収容所になっているスタジアムで夜を明かした上に、罰金まで払わされてしまった。

ディナーを回すシェフのセルジュは、夜の戸締りも担当していて、勤め始めてから四年半。無口でちょっと強面で、スキンヘッド。小柄ながらプロボクサーのようにガタイがいい。働き者だが、風貌で言うとアジアンキッチンで一番「プリズンブレイク」が似合うだけあって、これまで拘束されてきた回数も今のところトップだ。

以前、二日ほど連絡がつかなくなったことがある。普段無断欠勤などしないのに、おかしい。二日目に、緊急連絡先にあった母親に電話をかけると、衝撃の言葉が返って来た。

「警察に捕まりました」

「は⁉　捕まった⁉　なんで？　何した⁉」そんなにヤバい人を雇っていたのかと焦っている私に、クラリセはこれまた落ち着き払って言った。

「土日はやってないから、出て来られるのは早くて月曜ですね」

……。いやいやいや、通販の最短出荷日じゃないんだから。心の中で思わず突っ込みを入れる。起きた出来事としては、こうだ。休みだったセルジュはバーで飲んでいた。するとバーで乱闘が起き、警察が来た。そして、その場にいた全員を逮捕したということだ。なんという……！

私が知るだけでも三度目となる今回は、私も慣れたもので、「ハウ・ワズ・イット・ディスタイム？（今回はどうだった？）」と聞いているくらいだ。

「テリブル！」セルジュは笑いながら答える。

もう拘束は慣れっこなのかもしれないけど、捕まらないでおくれよ……。罰金はなんとかできても、身柄拘束は、代わってやれないよ……。でも、わかっているけどね。

「ラストオーダー時間を過ぎてのオーダーは、お客さんに失礼のないように説明した上でお断りして、帰らないと。この国のルールなんだから」と私からも何度も言っているが、お客さんの要望に応えたい、売上を少しでも増やしたい、と頑張っているのは、見ていてわかる。

捕まっている人たちそれぞれの事情を想像し、いたたまれない気持ちになる。

違反者の罰金は、五百円や千円だが、多くの人にとってはそんな大金、払えない。夜の街に娯楽を求めて繰り出している富裕層なら、五百円と言わず、五千円でも五万円でもとればいいかもしれない。でも、多くの人は、五百円よりも少ない額の日銭のためにギリギリまで働いて、時間内に帰れなかった人たちだろう。

門限のみではない。ソーシャル・ディスタンスや、マスクの着用は義務であるので、すなわちそれらも警察の取り締まりの対象となる。

ある日運転中、交差点で信号が変わるのを待っていたら、警官が歩み寄って来た。あ、マズい。マスク、ポケットだ——慌ててマスクを取り出して、つける。

「警官が近づくまでマスクをつけないとは、けしからん！」警官はそう言いながら、ＩＤの提示を求めてくる。パスポートを見せながら、平謝りして、許してもらった。ちなみに、車には自分一人で乗っていた。

通勤中のマスクだけではない。先日は、なんと警備員のパスカルが、警察に連行されるという事件が起きた。マスクを顎にずらして着用した上で、近隣の警備員と至近距離でおしゃべりをしていたところを警察に見つかったのだ。

いやいや、警備員が捕まるって……。幸運にも、パスカルはお説教だけで解放された。ここまでマスクに厳しいなんて異常に思えるが、逆にここまでしないと、みんなマスクなんてしない。翻って、マスクをしていなければ捕まるわけでもないのに、あんなにみんながマスクをしている日本って、すごいのだ。

ルワンダでは、「夜間の外出は、『自粛』しましょう」なんて言ったところで、逮捕や罰金などがなければ、守られない。そもそも「自粛」という概念すらないかもしれない。

義務化と自粛、双方に良い面・悪い面あるが、結果を出す難易度が高いのは「自粛」だろう。19時という明確な門限を設けて、取り締まる警官を街中に配置するのがルワンダ式だ。

先日、外出禁止の令を犯した人が一斉に手錠を掛けられた状態で、見せしめのために、報道陣の前で整列させられている画像をニュースで見た。２０２０年は米国で始まったBlack Lives Matter（BLM）が一大ムーブメントとなっているが、考えさせられるものがある。

今日もスタッフは、捕まらないように、門限までに突っ走る。オンライン注文サービスを提供する会社と契約して働く、バイタクドライバーたちも必死だ。

ある日、事件は起きた。ラスト十分で入った二件の注文をピックアップしに、二人のドライバーが店に来たが、注文を取り違えてしまうという、スワッピングが起きてしまった。スタッフが取り違えに気づき、ドライバーに連絡すると、「ボクたちで連絡取りあって、ちゃんと正しい注文主さんに届けるね！」とのことだったので、うっかり安心してしまっていた。

後日、デリバリー会社からその二件分の売上金が送金されていないことに気づき、問い合わせると、「店が注文内容間違って作ったからね、支払いはないよ！」と明るく言い放たれた。そんなことはない、とよくよく確認すると、なんと、ドライバーは届けることができず最終的には自分で食べちゃった、と言うのだ。

「……届けられなくて……食べちゃった……だと……⁉」

ちょっと考えてみてもらいたい。日本で宅配ピザを注文して、届かなくて問い合わせると、「あぁ、時間切れになっちゃったので、自分で食べちゃいました」って言われた日には、腰を抜かすだろう。

おそらくドライバーたちは、連絡を実際に取り合い、なんとか正しいお届け先に届けようと、努力はしただろう。でも時間切れとなり、うわぁ18時55分だ、あと残りの五分で爆走して家に帰らないと、捕まる……！　となってしまったのは、想像できる。

食べられた内容としては、生春巻きや、抹茶ロールケーキ。生春巻きは、外国文化を知っている富裕層ルワンダ人以外には、あまり好まれない。スタッフも、好きではない。抹茶ロールケーキも、ファンの多くは外国人だ。

よっぽどお腹空いてたのかなぁ。門限ギリギリセーフで家に滑り込んで、お腹空いたなぁ、これなんだろう、よくわからないけど、他に食べ物もないし、買いにもいけないし、よし、食べてみよう。ってなったのかなぁ。プロとしては失格だけど、そうなってしまうのもわかる。と、思ってしまった。

お客さんに丁重にお詫びを入れると、「ボクも、ちょっとギリギリかなぁ、危ないかなぁ、と思いながら注文しました」と非常に寛大なお返事をいただき、救われた。

実際この状況が起きているのは、アジアンキッチンだけではない。キガリ中のレストランで、スタッフとドライバーが、いや、レストラン業に限らず、一般市民のみなが日々奮闘しているのだ。

みな、ギリギリのラインで頑張っている。捕まるリスクと、稼げる日銭を天秤にかけて。国全体で見ても、そうだ。新型コロナウイルスの感染拡大リスクと、でも空港を開けて、瀕死の観光業を少しでも回そうと、ギリギリの攻防戦だ。

それにしても以前は、売上に占めるデリバリーの割合の高さが、アジアンキッチンの課題だった。

「料理は好きなんだけどね、大通り沿いで、道がうるさくて。それに、夜はあの道、渋滞もするしね。だったらデリバリーにしようってなるんだよね」

このような声は多く、そのまま全てが売上になるイートインを増やしたいと思いつつも、デリバリーに最適化した調理、オペレーション、盛り付けなどを磨かざるを得なかった。

が、新型コロナが来て、どうだろう。デリバリー体質が功を奏している。ゴージャスな空間を提供し、ワインなどお酒で儲ける店を見ては、高い利益率が羨ましいなぁと思うこともあったが、今の状況では家賃も高く、閉店は18時で、苦戦を強いられているだろう。

人間万事塞翁が馬。失敗だと思っていたことが成功になることもあるし、短所だと思っていたところが、長所に変わったりもする。そして、その逆もしかり。状況が変わるとルールも変わる。目の前の事象に一喜一憂しても、しょうがない。今は今できることを淡々と、着々と、やっていくしかないのだ。今日もまた、門限までに、突っ走ろう！

イノセントのキセキ

年末に向け、ストックルームの整理をイノセントとしながら、ぽつぽつとたわいもない話をする。以前は、スタッフたちのプライベートはあまり耳に入れないようにしていた。特に最初の数年は、聞きたくない、知ったら判断に支障をきたしてしまう、と肩に力が入っていたところもある。それから比べるといくぶんか丸くなり、最近はスタッフとも個人的な話を少しずつだけど、するようになった。

「ジャンが結婚を控えているみたいだけど、イノセントは予定はあるの？」

「いやー、今のところはないです。彼女とも別れてしまって。ディフィカルト！」と、イノセントは苦笑い。

「そっかそっか。その他は、順調？」

ルワンダ人と世間話をする場合、多くの場合は、「ハウ・イズ・ユア・ファミリー？」とお互い聞き合うのが一般的だけれど、イノセントにはそう聞いていいものか、迷う。

前述の通り、イノセントは虐殺孤児だ。その後お兄さんや妹さんと再会したのは知っているけれど、あまり近しくはないようだ。イノセントはふといつもの微笑をたたえて言った。

「ここで働きだして、もう五年ですね。ボクのストーリーを聞いても、もうあなたはボクを追い出したりしないと思うので、ボクのこれまでのこと、お話しします」


イノセントは、１９９０年６月16日生まれ。ただし６月16日というのは、孤児院が後から授けてくれたものだ。本当の誕生日は、誰も知らない。

大虐殺の起きた１９９４年４月、イノセントは三歳。キガリで家族と暮らしていた。

それは突然訪れ、家族ともバラバラになりながら逃げまどい、なんとか命だけはとりとめた。母は殺され、父はその後病気で亡くなったと、だいぶ後になってから知った。生き別れになった兄や妹たちは、たまたま運よく別の家庭に引き取ってもらえるなどしたらしい。路上生活を余儀なくされたか、しなくて済んだかは、彼らの間に溝を作ったように見える。

イノセントは２００３年に孤児院に入るまで、路上で暮らした。持っていたのは、イノセントという名前と、逃げた時に着ていた服、履いていた靴。それが全てだった。

当時キガリでは、ダウンタウンで商売をするインド人が、身寄りのない子どもたちに、平日は食料の配給をしていた。週末は飲食店にしのびこみ、テーブルに残されている客の食べ残しを食べ漁ったり、物乞いをして恵んでもらったお金で食料を買ったりした。身体を洗いたい時は、川に行って水を浴びた。下着や服も洗ったけれど、替えがないので、またそのまま着た。眠る時は、段ボールをマットレスにして、ずた袋を身体にまとって、寒さをしのいだ。

「これがけっこうあったかいんだけど、両足を入れて寝るから、朝、脱ぐときが大変なんだよね！」とイノセントは笑って言う。

野犬に襲われたり、排水溝で寝ていたら大雨で流されそうになったこともある。他の孤児と一緒に眠る夜もあれば、独りぼっちで眠る夜もあった。アルコール中毒や、薬物依存症になっている子どもも多かった。

「やっぱり暮らしは大変だから、鬱状態というか、おかしくなっちゃうんだ。だから、そういうのについ手を出しちゃう人は多かった。ボクも試したけど、うーん、好きじゃなかった！」ここでも、イノセントは笑って言った。

「たくさんの仲間が死んでいった。マラリアとか。事故とか。病気が何かなんて調べられないけど、マラリアだと思う。事故は、ポリスに追われて逃げている時に、車にはねられて。逃げる時はもう必死だからね。前だけ見て、全速力で走る。車なんて、見えてないんだ」

ストリートチルドレンになった子どもは、施設に入れられる。でも、環境は劣悪だったと、二年間施設で暮らした彼は言う。

「食べ物は古くて、ひどかった。あの場所のことを思い出すと、今でも本当に嫌な気持ちになる。でも唯一、勉強が楽しいと気づけたことは、良かった。近所の小学校に、警官に連れられて、勉強に行くんだ。勉強は好きだった。でも、自由がなかった。なんていうのかな、ストリートで育った子どもたちにとっては、施設は窮屈なんだよ。逃げようとして、見つかる度にぶたれた」

イノセントは外の世界への憧れを捨て切れず、何度も脱走を試みる。ついに成功して、丸二日歩いてキガリに戻った。また路上生活が始まる。

バイクタクシーにはねられて脚に大怪我をして、入院したこともあった。最低限の治療と、寝る場所は与えられたが、それ以外のものはない。隣の人に食べ物を分けてもらって、生きのびた。

２００３年、評判のいい孤児院の話を聞き、そこに入るチャンスを得た。

２００４年、十四歳の時、小学校四年生に編入できることになった。「あの施設はひどかったけど、そこで二年間勉強したから、飛び級できたんだ！」

２００７年、十七歳の時、その孤児院が出す学費で、南部の寄宿舎付きの中学校へ入学することができた。これで寝る場所と食べるものは確保できたが、教材や、例えば石鹸などの生活用品は、自分で用意しなくてはならない。

もっと困ったのは、夏休みや冬休みなどの長期休暇だった。生徒たちはみな、自分の家族の元へ帰るが、自分は身寄りがない。困ったイノセントは、ストリート時代から自分を知るとある家族に電話をし、頼み込んで、休みの間身を置かせてもらった。

しかしそれも長くは続かず、その家族は遠い東部の土地へ引っ越してしまう。次の休みからは、イノセントは学校に頼み込んで、休校中の寄宿舎に寝泊まりさせてもらった。他にも、身寄りがなく、留まるしかない生徒もいた。

２０１２年に無事卒業。寄宿舎を出ねばならなかったイノセントは、知人を訪ねては居候させてもらい、転々とした。後に再会した母方の家系の唯一の生存者であるおばから、「実は、そう遠くない親戚がいる」と聞き訪ねたこともあった。たいそう裕福なその人には、「お前など知らない」と追い返された。

２０１５年。やっぱり、キガリに戻ろう。地方は、仕事がない。そう決めてキガリに戻った時、孤児院のヘッドマスターが紹介してくれたのが、オープニングスタッフを募集している、アジア料理店。イノセントはそうして、アジアンキッチンの面接に来たのだった。

イノセントは、終始穏やかに話した。私は静かに聞いていた。

虐殺に関する話は、これまでも何人かから聞いたり、本を読んだりしてきたが、虐殺を経験した人の人生丸ごとを聞かせてもらったのは、初めてだった。野良猫のようにストリートで生きてきて、なんとか勉強する機会も勝ち得て、社会生活に復帰。でも、そこにはいつも「身寄りがない」という彼の生い立ちが、障壁として立ちはだかっている。結婚の話になって彼が笑いながら言った「ディフィカルト」には、そうした苦難も含まれていた。

　これまでの話は、他のスタッフにしたことはなく、これからも話すつもりはないと言う。隠したいような、忘れたいような、そんな過去をずっと胸に抱えてきたんだな……。

　孤独。それはとにかく、孤独なストーリーだった。

「にんげんっていいな」という童謡が思い浮かんだ。

いいな　いいな　にんげんって　いいな
おいしいおやつに　ほかほかごはん　子どもの帰りを　待ってるだろな
みんなでなかよく　ポチャポチャおふろ　あったかい布団で　眠るんだろな

「にんげん」が暮らすのを横から見て「くまのこ」が歌っている歌だ。イノセントも、普通の暮らしを送れる「にんげん」をこうやって見てたのかな……。が、続くフレーズに、ふと気づいてしまった。

ぼくも帰ろ　おうちへ帰ろ

イノセントには、帰る家すら、いつもなかったことを。人間にとって、こんなに残酷なことって、あるだろうか。

でもイノセントは話しながら何度も、「アイ・アム・ラッキー。イッツ・ミラクル」と挟んだ。きっと彼は、心底そう思っている。身寄りがない自分に食料を分けてくれたり、一つ屋根の下に寝かせてくれたりした人たちへの感謝の気持ちは、五年しか彼のことを知らない私が言うのもおこがましいが、彼の言動の端々からにじみ出ている。確かに、奇跡だ。この状況で、希望を捨てずに明日を信じて一日一日を生き抜いてきたイノセントの強さが、奇跡だと思った。

困難もたくさん訪れるけれど、助けてくれる人もいる。どうしようもない悲しみに襲われることもあるけれど、希望を捨てずに、自分も「グッド・マン」になるんだ。四年ほど前に聞かせてくれた内容は、変わっていなかった。

イノセントが、あのロックダウン直後に私にくれた言葉を何度も何度も、思い出す。

「アイ・シンク、エブリシング・ウィル・ビー・オーライ」

見えてきたもの

２０２０年、12月。新型コロナで訪れた非日常も、今ではもうすっかり日常になり、そのまま年末を迎えようとしている。

先日ついに、ミナトの学校で、対面授業が再開した。実に、七か月半ぶり。

「ボク、ソーシャル・ディスタンスとか好きじゃないんだよねぇ。明日は休もっかなぁ」

前日は、緊張からかそう連呼していたが、いざ行くと、かなり嬉しそう。

「でも、ひどいんだよ！　キムは隣のクラスだから、話せないの！　隣のクラスに行っちゃダメなんだって。ソーシャル・ディスタンスとか、ボクほんとうに好きじゃないっ」

キムとは、もう三年来の仲になる。ミンヒョンは、お父さんの次の赴任地ウガンダへと旅立ってしまったが、ミンヒョンの引っ越しが決まってから、キムというこれまた韓国の男の子も交えて遊ぶようになった。「ミナトというこの日本人の男の子は、お母さんが年中テンパっているので、助けてあげて」と引継ぎでもしてくれたのだろうか。キムも、家族ぐるみで本当に良くしてくれる。

ミナトももう十歳。ルワンダに来た時は五歳だったので、もう人生の半分をルワンダで暮らしていることになる。最近ではだいぶ反抗的な態度を見せるようになってきた。成長の証だと私は自分に言い聞かせるけれど、いつかはこのあどけなさが消えてしまうと思うと、寂しい。

ナーサリーの卒園式で「ユーモア溢れる子」と紹介されたけれど、それは彼の優しさから来るのだなと、親としてはつくづく感じている。彼のユーモアに日々励ましてもらっているのは、他でもない私だから。

ミナトが宿題をやらないことや、日々の生活態度に私が怒り狂っていても、「ママ、お店でまたプロブレム？　大変なんだね。休んだ方がいいよ」と気遣ってくれる優しさとポジティブさは、今後も彼の人生の支えになるはずだ。

アジアンキッチンも、今月で無事五周年を迎えた。ロックダウンで壊滅的だった4月、5月の売上は本当に少しずつだが上向いてきて、11月にやっと、昨年対比で七割まで回復した。

創業したばかりの頃から働いてくれているスタッフの人生も、五年も経てば大きく変わってくる。ラシードにはこの前子どもが生まれたし、ジャンは今月無事結婚式を挙げることができた。月給三か月分の牛を贈った、と嬉しそうにシェアしてくれた写真には、白い民族衣装を着たジャンがカッコよく写っていた。その翌日から、また感染者の増加で結婚式が禁止になったので、滑り込みセーフで挙式できて、何よりだ。

スタッフとミーティングを開き、五周年を祝う。今年一年をみなで振り返ったが、コメントは見事に同じだった。

「今年は大変だったけど、でも今もこうして生きていることが嬉しい」

これもみな、本心で言っているのがわかる。普段生きるためにどれだけ必死か、少しだけれど知っているから。

五年間も私のハードマネジメントについてきてくれて、頭が上がらない。最初のうちは反感を覚えたスタッフも、少なくないだろう。自分でもかなり厳しかったと思う。

日本なら回避できるであろう困難に翻弄されながら一日一日を必死に生きるスタッフたちに、「ライフ・イズ・ノット・イージー」であることを知りながら、プロであることを常に要望し続ける。感情は見て見ぬふりをした。相手のも、自分のも。教育の機会を得てこなかった人たちに、自分の正義を振りかざしているのでは、という葛藤もあった。葛藤を悟られまいと、ますますドライに接する。正しいやり方だったのかは、わからない。

けれど、自分のミッションは、利益の最大化である。同情からポケットマネーを乗せた方が早いのかもしれない。でも、提供価値の対価として売上を立て、そこから給料として払う、この原則はたとえコロナ禍でも崩さなかった。だからこそ誇りに思う。このコロナ禍で、各々が自分の役割をしっかり果たし、施しではなくて、給料を稼いでいるのだから。

五周年——まだ五周年だけど、もう五周年だ。正確なオープン記念日なんてないくらい、こわごわ開店した。呼び込みをする自信すらなく、少しずつ少しずつお客さんを増やしていった。

先進国から途上国へ、国際協力とか、新しいマーケットへの挑戦とか、ビジョンを持って移り住む人はいるけれど、ただ「息子と幸せに暮らしたい」なんて動機だけで来てしまった私。しかも飛び込んだのは、全く未経験の飲食という世界。どんなお店にしたいか、十分なビジョンも描き切れないまま、とにかく走り出した。

始めた時、飲食業については完全にド素人。料理の腕だって家庭料理としてならまずまず、という程度だし、特に繊細な舌を持ち合わせているわけではない。盛り付けにしろ、内装のセンスにしろ、凡人かそれ以下だ。全部周りのアドバイスか、本に書いてあったこと、またはググって出てくる情報、画像、これらが全てだった。

日本での飲食業の経験、ましてや成功体験など全くなかったことは、逆にプラスだったのかもしれない。商慣習もインフラも、人々の暮らしもビジネスの前提も全く異なるこの地では、前はこうだった、日本ではこうだった、という比べる対象がなかったことは、心の平穏のためにもきっと良かっただろう。

ヨーロッパの文化をよく知るマリコさんから、「多分キガリ在住のヨーロピアンは、こういうメニューを欲していると思うのよね」という助言をもらえれば、即実行に移した。

「レストランビジネスはね、すべては算数なんだよ」

キガリでハンバーガーショップを長く営むカナダ人の友人に教えてもらった言葉通り、とにかく数字を見て、数字で判断した。会社員時代は、エクセルが使いこなせなくて苦労したものだけど、算数だったら、四則演算さえできればなんとかなる。

仲良くなったベトナム人のワンさんという料理の達人からは、食堂を営んでいた彼女の母親から受け継いだレシピを、特別にたくさん伝授してもらった。「これを、こんな感じで混ぜて、それからこんな感じでチャチャッと炒めて――」という彼女の指導を、もっとかみ砕いて伝えて欲しいと何度もお願いし、ワンさんの「さじ加減」を「ちょっと待って！」といちいち全て計量し、必要な工程は写真に収め、全てマニュアル化して、ルワンダ人シェフたちと練習した。もし私が料理の達人だったら、「だから、こんな感じで、チャチャッと」と言う私を前に、ルワンダ人シェフたちは戸惑うばかりだっただろう。

こんな風に作り上げていった、アジアン・キッチン。全部周りの意見でできているなら、「あなたらしさはどこにあるの？」と聞かれてしまいそうだ。実際、これで悩んだ時期もあった。「内装のステキなテイストも作ってもらったものだし、料理だってレシピ通りで私のオリジナルではないし、イケてるビジネスアイディアなんて、からきし出てこない――」こうこぼす私に、シュン君が力強く言ってくれたのを、覚えている。

「でもさ、回してるのは、カラトじゃん。他に、誰が回せる？　スタッフまとめて、日々回してるのは、カラトなんだからさ」

会社員時代からの、コンプレックスだった。ルーチンワークをこなしたり、オペレーションを回すことはできるけど、クリエイティブなアイデアを出したり、自分のアツい想いで周りを巻き込んだり、「自分にしかできない仕事」ができない。なんてつまらない人間なんだ。

社員の意思を尊重する社風で、上司にはよく「おまえはどうしたいの？」と聞かれた。その度に、口ごもる。これと言ってしたいことのない私は、ただ指示が欲しかった。「やりたいこと」を熱く語る同僚が、ただただまぶしかった。

これまでの人生を振り返ってみると、幼い頃から「言われたことをやる人間」「決められた通りにやる人間」としての周りの評価は、それなりに高かったと思う。

これは「正解」なのか？　世の中のガイドラインに照らして、これはOKなのか？　アウトなのか？　いつもいつも、判断基準を「世の中的に良しとされていること」に求め続けた結果、迷子になった。自分のやりたいことが見つからなくて、それどころか、何が好きで何が嫌いかも、ましてや「自分らしさ」なんて、よくわからなくなっていた。

そうやって生きているうちに、自分の人生、これでいいのだろうか？　とわき上がってくる問いに「イエス」がどうしても言えなくなって、そんな時にルワンダと出会い、直感を信じて子どもを連れて移り住んだ。

ここで出会った、自分の人生を丸ごと受け入れ、前だけを見つめ、歩みを止めない人たち。時として、吹き荒れる嵐の中の、ろうそくのともし火のような命を、懸命に燃やして今日という日を生きている。そんな人たちと、一心不乱、無我夢中で過ごした日々。壁にもたくさんぶつかった。もう店なんてやめようと思うこともあった。育児との葛藤は、終わることはない。

でも、誰に行けと言われたでもない。誰に来いと言われたでもない。誰のためでもない、自分のためだ。ただ幸せになりたくて、自分で来たんだ。そう、決めたのは自分。迷った時、いつもここに立ち返っては、走り続けた。

それから五年半。気が付けば、アジアンキッチンにも、「らしさ」がちゃんとできている。ゴージャスな店ではないけれど、こじんまりした店構えは明るく清潔感があり、温かみが感じられる。スタッフはとびきりの愛想を振りまいているわけではないけれど、ちゃんとお客さんの要望を聞き、ベストを尽くす。非日常なサプライズが演出されているわけではないけれど、当たり前の品質が、当たり前に出てくる店。

でもここまで形になったのは、結局他でもない、「決められたことを、ひたすらこなす力」だったように思う。

自分が経営者なので、決めるという工程は増えたものの、それらも自分の想いや創意工夫を込めてというよりは、周りのアドバイスや、客観的判断軸に照らして導かれたものに愚直に従った。そうして決めたことを、毎日毎日、朝から晩まで、ひたすらこなした。

今日はもうクタクタだし……今回は事情が事情だし……合わないのはたった三十円だし……周りだって誰もやってないし……これ、別に私がやらなくても……次々と頭をよぎる言い訳をかき消すように、ひたすら、ひたすら、手と足を動かした。

これまで、自分をつまらない人間にしている要素だと思ってきたもの。人生に行き詰まって、リセットしたくて、日本からはるばるルワンダまで来た。でもそこでゼロからつくったものに、こうして「私らしさ」を見る。今度は少し、愛おしく。

これが、人生という旅の、醍醐味かもしれない。

場所を変えると、これまで見えてこなかった、自分自身の新たな一面に出会うことがある。新しく形作られた面なこともある。または、前からそこにずっとあったけど、死角に埋もれてしまっていたり、知らず知らずのうちに、蓋をしてしまっていたものだったりもする。そういう自分との出会いや再会があるから、人生は面白い。次はどこで、何を見せてくれるだろう。

店の前で、すっかり年季の入った看板をバックに、みなで記念撮影をする。

「じゃあ、次はマスクなしで！」との私の号令に、「え、でもポリスに見られたら……」とおびえるスタッフたち。撮れた写真は、みなマスク姿。２０２０年らしい一枚だ。

年末に向けて、また門限が二時間早まり、20時になることも決まっている。門限生活も、いつまで続くことやら。

「来年は、きっともっといい年になるはず！」そう言いながら、赤いデコペンで「Happy 5th Anniversary」と書かれたケーキをみんなで食べた。

おわりに

三十歳で会社を辞めて息子とルワンダへ渡り、そこでタイ料理屋を素人ながら始めるという、今思えば壮大な挑戦をしてわかったことは、極めてシンプルで当たり前のことだった。

「らしさ」は、アウトプットからしか見えてこない。

私の良さってなんだろう、私らしさってなんだろう。と、突っ立って考えていても、何も見えてこない。一歩踏み出して歩き出し、つまずいたり迷ったりしながらもがいた軌跡から、それはきっと見えてくる。道は、後ろにできるのだ。

「会社を辞めて単身アフリカに渡り飲食店を立ち上げたシングルマザー」と聞いて、大きな野望を抱き、果敢にアフリカ大陸へ挑んだ女傑、と勘違いされることがたまにある。でも本書をご覧いただいた方にはおわかりの通り、実際の私は何の夢もなく生きてきて、いつの間にかルワンダに流れ着いて（ルワンダは内陸だけど）、その流れに任せて店を開いた一人の女性でしかない。

今は周りが何をしているか、何を考えているか、リアルタイムでわかってしまうので、焦ることだってあるだろう。世の中のみながみな、当然のごとく夢を持ち、そこに向かって突き進んでいるようにすら感じるかもしれない。でも実際、夢を描くって、難しい。漠然とした未来に迷ってしまうこともあるし、多すぎる選択肢を前に途方に暮れることだってある。私のように、他人の価値観で生きているうちに、いつの間にか迷子になってしまった人もいるだろう。

今は、やりたいことをどう見つければいいかの指南書もたくさんあるし、「自分らしさに迷ったら読む本」も、巷に溢れている。なんだか人生にしっくりこなくて、そうしたものを一通りやってみた、という人も多いかもしれない。素晴らしいではないか。そこまで来たらあとはもう、一歩踏み出すだけだ。それが自分にとってしっくりくるかどうかは、やってみないとわからない。それが果たして「私らしい」のかは、そう、アウトプットからしかわからないのだから。

やってみて違ったら、また別のことをやればいい。そのアウトプットを笑う人もいるだろう。笑われておけばいい。とやかく言ってくる人もいるだろう。言われておけばいい。自分の人生は、自分のものなのだから。他人の価値観で生きるほど、人生長くない。

でもやっぱりそんな自信ないよ！　と思われるかもしれない。それもよくわかる。でも最初から自信のある人なんて、ほとんどいない。自信がついたらやろう、ではいつまで経っても始められない。本書にも書いたが、自転車に乗れるようになったら乗ろう、では一生乗れないのだ。

そして始めてからも、くじけそうになることは訪れる。結果が出るまでには、時差があるから。結果というアウトプットは、日々の努力というインプットが溢れることでしか生まれない。圧倒的な量を、溢れるまでインプットし続けるしかないのだ。地味な作業だ。

その間、周りが気になったりもするだろう。今の世の中、情報が溢れすぎて、人々はより目新しい、より極端な、よりキャッチーなことに飛びつきがちだけれど、注目を集めるためだけの言説に惑わされないようにしたい。

地味ながらも続けていれば、いつかきっかけは必ず訪れる。でもこれもまた、「おぉぉ！　千載一遇のチャ――――ンス!!」というものがわかりやすくやって来るケースは、きっとほとんどない。ただ、これまではぼんやり見過ごしていたことを、チャンスだと気づけるようになる。自分で機会を創れるようになる。そういうものだ。

　そしてそのチャンスに飛び乗れるかどうかは、飛び乗るだけの筋力があるかどうか、普段から鍛えているかどうかなのだ。結局最後は自分の筋肉がものを言う。この世の中、便利なテクノロジーや裏技には溢れているけれど、「見るだけで自分の血となり肉となり筋力を増強してくれるマシーン」なんてものはない。自分で自分の筋肉を使うことでしか、自分の筋肉は強くならない。

　というわけで、ルワンダまで行って起業した私がお伝えしたいことは、アフリカへ行こう！　起業しよう！　デッカイことをやってみよう！　ではない。「筋トレは大事」という、これまたシンプルなことだ。筋トレをしながら、一歩踏み出してみよう。筋肉は裏切らない（「筋肉」は比喩です）。

　最後まで読んでくださった読者のみなさま、ありがとうございます！　岐路に立っている方も、自分の人生に何かしら迷いがある方も、この本を読んだことで、何かのきっかけを感じ、小さな一歩を踏み出すことがあれば、これほど嬉しいことはありません。

　ルワンダへ移り住むきっかけを作ってくれただけではなく、いつもさりげなく、そしてゆるぎなく応援し支えてくれたマリコさん、シュン君。私のルワンダ生活も、そしてアジアンキッチンも、この二人なしにはあり得なかった。

夫妻をはじめとして、ルワンダで私に関わってくださった多くの方々。日本からエールを送ってくださったすべての方。いつも支えてくれている家族。今日も隣で笑わせてくれるミナト。感謝の気持ちは書き切れない。

そして、ここまでついてきてくれた、アジアンキッチンのスタッフのみんな。日々の生活を支えてくれている、ナニーさん。出会った人、一人一人が、アジアンキッチンで、または私と働くことで、生活の糧に加えて何かしら得るものは、あっただろうか。私は彼らから、本当にたくさんのことを与えてもらった。もし私との日々が、彼らの今後の選択肢を少しでも広げることに繋がっていれば、これもまた、これほど嬉しいことはない。

選択肢があること。それを自分で選び取れること。それは、世界の一部の人にだけ許されていることなのだと、ルワンダが教えてくれた。持って生まれた特権を、あなたはどう使うのか？　誰のために使うのか？　いつもルワンダが私に問うていた問いを、これからは自分で自分に問い続けるだろう。

この度チャンスをくださった、左右社の小柳学さん。多方面に奔走しながら、私に毎度毎度明るいパワーをくださった、編集者の立原亜矢子さん。そもそものきっかけを作ってくれた上、最後まできめ細かいアドバイスとエールを送りつつ伴走してくださった、小学校の同級生でもある作家の大洞敦史さん。私にとって初めての本作りでのみなさまのお力添えに、心より感謝申し上げます。

うん、ルワンダに引っ越そう。そう決めた時のように、今回もまたそれは、スッと降りてきた。人生の、次の章へ行くときが来たのだ。次は、どこで、何をして、生きていこう。でも、どこで何があっても、きっと私は自分の人生に「イエス」と言うだろう。

ルワンダ年表

15世紀頃	ルワンダ王国建国
1890年	ドイツ保護領となる
1922年	ベルギーの委任統治領となる
1961年	国民投票により王政を廃止 カイバンダ初代大統領就任
1962年 7月	ベルギーから独立
1973年 7月	クーデターによりハビャリマナ大統領就任
1979年 5月	東京にルワンダ大使館を開設
1994年 4月	ハビャリマナ大統領暗殺 ルワンダ大虐殺が始まる
7月	ルワンダ愛国戦線（RPF）が全土を完全制圧 ビジムング大統領、カガメ副大統領就任
2000年 4月	カガメ大統領就任
2007年 7月	東アフリカ共同体（EAC）加盟
2009年 11月	英連邦加盟
2010年 1月	キガリに日本大使館を開設
2015年 12月	憲法改正により、カガメ大統領が2017年の大統領選挙に立候補することが可能となる
2017年 4月	世界経済フォーラム(World Economic Forum)にて、ルワンダが世界で9番目に安全な旅行先と評価される
8月	大統領選挙でカガメ大統領再選
2020年 3月	新型コロナウイルス対策として、国境封鎖を実施
4月	第26回英連邦首脳会談の延期を決定
5月	ジェノサイド首謀者とされるカブガ被疑者をフランスで逮捕
8月	商業便の再開（陸路の国境は継続閉鎖）
2021年 2月	保健省、新型コロナウイルスのワクチン接種開始を発表

〈2015年までは外務省HPを参照〉

写真クレジット

表紙、Ｐ１１７口絵――Naomi Cousins
Ｐ58ゴリラ（観光情報）――小畑時乃
その他――著者本人

章扉の写真説明

１――廃墟からのスタート。施工監督はつらいよ
２――リピーター命なので接客は真剣勝負。クレームはヒントの山
３――ルワンダの田舎の風景。赤土を踏みしめ、一歩ずつ進む
４――久しぶりに帰った日本で満開の桜を見て、ご満悦のミナト
５――ロックダウンのさなかでも、一致団結して店を盛り立てる

引用元

「新しいルワンダをつくる女性たち」（『ナショナルジオグラフィック日本版』２０１９年11月号）
『榧 KaYa vol.7』（亜細亜大学国際関係学部、２０２０年３月）

本作はプライバシー保護の観点により、一部仮名を使用しています。

作中に書かれている見解は全て著者・唐渡千紗個人のものであり、ルワンダ政府並びに本事業、関係者、登場人物とは一切関係ありません。

唐渡千紗（からと・ちさ）

1984年生まれ・東京都出身。早稲田大学法学部卒業後、
株式会社リクルートに就職、人材事業に従事。
30歳で退職し、当時5歳の息子を連れてルワンダへ移住。
日本とは全く異なる環境であるルワンダで、ゼロからタイ
料理屋 ASIAN KITCHEN を立ち上げ、経営に奮闘している。
Twitter：@chisakarato

ルワンダでタイ料理屋をひらく

2021年3月28日　第1刷発行
2021年8月18日　第2刷発行

著者——————唐渡千紗

発行者—————小柳学

発行所—————株式会社左右社
東京都渋谷区千駄ヶ谷3丁目55-12ヴィラパルテノンB1
TEL 03-5786-6030
FAX 03-5786-6032
http://www.sayusha.com

編集——————立原亜矢子

編集協力————大洞敦史

装幀——————松田行正＋杉本聖士

印刷所—————創栄図書印刷株式会社

ISBN 978-4-86528-021-0
JASRAC 出 2101572-101